BVT

Zufällig hört der Erzähler dieses Romans Mozarts Klarinettenkonzert A-Dur Köchelverzeichnis 622 im Radio. Fortan ist es sein Bestreben, dieses Konzert live zu hören. Er bricht auf aus der Provinz nach Paris, um das Konzert in einem berühmten Pariser Haus ungestört zu genießen. Penibel bereitet er seinen Konzertbesuch vor, umwerfend komisch beschreibt Gailly den Kampf mit der Tücke des Objekts der Begierde. Schließlich kommt es zu dem lang ersehnten Hörerlebnis, doch neben dem Erzähler sitzt eine blinde Frau, deren Ehemann sie ins Konzert gebracht hat, um sie dann für immer zu verlassen …

Christian Gailly wurde 1943 geboren. Er war Jazzsaxofonist, dann Psychoanalytiker und lebt heute als Autor in Paris. Im Berlin Verlag ist 2003 sein erfolgreicher Roman *Ein Abend im Club* erschienen, der vom Magazin *Lire* zum besten französischen Roman des Jahres 2002 gewählt wurde.

Christian Gailly

KV 622

Roman

Aus dem Französischen
von Chris E. Paschold und
Albert Gier

Berliner Taschenbuch Verlag

August 2004
BvT Berliner Taschenbuch Verlags GmbH, Berlin
Die Originalausgabe erschien 1989 unter dem Titel
K. 622
bei Editions de minuit

Umschlaggestaltung: Nina Rothfos und Patrick Gabler, Hamburg,
unter Verwendung des Gemäldes »Bildnis von J. M.« (Detail)
von Peter Schermuly
Gesetzt aus der Quadriga durch Offizin Götz Gorissen, Berlin
Druck und Bindung: Clausen & Bosse
Printed in Germany · ISBN 3-8333-0080-9

Schreibend
wird man Schriftsteller,
schreibt er.

1.

Die Nummer, die auf dem Buchumschlag steht, bezeichnet ein Konzert von Mozart, ich weiß, dass alle das wissen, aber ich sage es für diejenigen, die es vielleicht noch nicht wissen, und auch für die, die es wissen, damit sie merken, dass ich es auch weiß, und damit wir alle die Gewissheit haben, dass wir es wissen – es fängt schon einmal gut an.

Ich habe es an einem Winterabend zum ersten Mal gehört, in einem mollig warmen Bett, ich war nicht krank, keine Sorge, die Daunendecke hochgezogen bis zum Kinn; da sieht man, wie das Leben so spielt.

Um es deutlicher zu sagen: Wenn es in diesem Winter nicht so kalt gewesen wäre, hätte ich das Konzert nicht gehört; wenn es so warm gewesen wäre wie im Sommer, in einer Sommernacht, wo ich halb nackt und schweißgebadet auf dem Laken gelegen hätte, stelle ich mir vor, dann wäre ich aufgestanden und hätte das Radio ausgemacht – ich war zum Umfallen müde, wenn man sagen kann, dass ich im Liegen kurz vor dem Umfallen war, sagen wir lieber, ich versank oder war zumindest nahe daran, in so etwas wie einem heiteren Tod zu versinken, aber wenn ich einmal sterbe, wird das keine heitere Angelegenheit, obwohl die Entdeckung der Schönheit dieser Musik mir plötzlich einen Grund gegeben hat, auf einen heiteren Tod zu hoffen.

A propos Tod: Dass ich später erfahren habe, es handle sich um das letzte vollendete Werk des Komponisten, hat es für mich noch reizvoller gemacht – wie gewöhnlich das ist, sich an solchen Kleinigkeiten aufzuhalten.

Ich bin nicht aufgestanden, ich habe mir das Konzert komplett, also von Anfang bis Ende, angehört.

Der Schlaf, dieser Saukerl, wollte mich überwältigen, Schönheit hält wach, aber wenn sie es mit so großer Müdigkeit, mit solcher Erschöpfung zu tun hat, muss sie kämpfen und kämpfen.

Ich habe mich herumgewälzt, um dagegen anzugehen, um der Schönheit zu Hilfe zu kommen, damit mir nichts entginge, ich habe mich umgedreht, mich etwas aufgerichtet und dabei die Decke festgehalten, ich habe den Kopf gehoben und mir das Kissen untergeschoben und dann den Kopf auf das Kissen gelegt.

Es war dunkel, der einzige Lichtschein kam vom Radio mir gegenüber, von der Frequenzanzeige, ich lauschte und hielt den Blick darauf gerichtet, starrte fest darauf, um besser hören zu können, die Quellen von Licht und Klang vermischten sich, das Licht war Klang und der Klang war Licht.

Ganz allein im Dunkeln sagte ich mir beim Zuhören: Ist das schön, ist das schön, ich war derart gerührt, und zugleich schämte ich mich meiner Rührung so, dass ich mir auch sagte: Dass du so blöd sein kannst, aber es war so schön, dass ich es zuletzt dabei beließ: Gott, ist das schön, ist das schön.

Ich war zugleich sehr aufmerksam und sehr unruhig, ängstlich bemüht, alles zu behalten, als hätte ich es nötig gehabt, zu behalten, was ich hörte, als hätte ich Angst, das, was ich gerade hörte, nie wieder hören zu können; ich hatte auch Grund, Angst zu haben, ich habe das, was ich an diesem Abend hörte, wirklich nie mehr gehört.

Am Ende der Sendung hat uns die Dame im Radio noch einmal gesagt, was wir gehört hatten, wir, die Hörer, plötzlich war ich nicht mehr allein, und ich bin aufgestanden, um es mir zu notieren, was ich sonst nie tue: Wolfgang Amadeus Mozart, Klarinettenkonzert in A-Dur, ich hatte Angst, es zu vergessen.

Wenn ich mir etwas notiere, weil ich Angst habe, es zu vergessen, erinnere ich mich im Allgemeinen sehr genau daran, ohne auf meine Notizen zurückzugreifen, die Angst, es zu vergessen, zwingt mich, mich zu erinnern, und hindert mich am Vergessen, zwingt mich, mich daran zu erinnern, dass ich es notiert habe, und verhindert, dass ich vergesse, was ich notiert habe; vielleicht liegt es einfach an der Tatsache, dass ich es notiert habe, dass ich mich erinnere, meist vergesse ich, dass ich mir Notizen gemacht habe, ich brauche mich auch gar nicht daran zu erinnern, zum Glück, denn ich frage mich, wer mich darauf aufmerksam machen sollte.

So, wie ich mich frage, ob es richtig war, die Angaben zu notieren, frage ich mich auch, ob es nicht besser gewesen wäre, mich mit der Erinnerung an meine Rührung zu begnügen, sie schlicht und einfach sterben zu lassen.

Stattdessen habe ich es mir in den Kopf gesetzt, diese Aufnahme ausfindig zu machen, so wie Leute ihre Erinnerungen fotografieren, bevor sie sich erinnern, ich will sagen, um sich zu erinnern, das wieder zu sehen, was sie gesehen haben, wenn später einmal alles verloren ist.

Ich habe jahrelang fotografiert, bis ich eines Tages begriffen habe, dass ich durch die Bilder alles vergaß; ich hinderte die Erinnerung daran, ihre Arbeit zu tun, sich mit dem Verlust der Dinge abzufinden, ich hinderte sie daran zu funktionieren.

Man kann die Gegenwart nicht festhalten, indem man das Gegenwärtige ausschließt, und ein Foto tut genau das, schneidet aus, macht Löcher in die Welt, tödliche Löcher, während die Malerei der Welt zu Ewigkeit verhilft, Stück für Stück.

Ich würde am liebsten aufgeben und hier Schluss machen, aber da ich immer unter dem Zwang stehe zu schreiben, mache ich weiter, das steht fest, ich mache weiter, über mir brüllen sich die Nachbarn an, die Sonne geht auf und taucht die Straße in orangenes Licht, alles wird schön.

Diese Art Schönheit ist zu einfach, damit kann ich mich nicht zufrieden geben.

Die Schwelle, der Zugang, der Weg, der zur Schönheit hinführt, zu einer immer kleineren Menge Schönheit, führt über eine immer größere Menge Hässlichkeit, schreibt er.

Gleich am nächsten Tag bin ich auf die Suche nach dem Konzert gegangen – das stimmt nicht ganz; zumindest habe ich mir vorgenommen: Wenn ich bei einem Schallplattengeschäft vorbeikomme, schau ich mal, ich habe dann auf gut Glück im Supermarkt geschaut, beim Einkaufen, habe aber nichts gefunden, außer den *Vier Jahreszeiten*.

Ich kann nichts erfinden, ich weigere mich, den Eindruck zu erwecken, ich hätte alle Plattenläden in Paris abgeklappert; das stimmt nicht, ich besitze nur drei Aufnahmen.

Ich habe gesucht, das allerdings, aber da ich mir die Interpreten nicht notiert hatte, konnte ich lange suchen; und selbst wenn ich es gefunden hätte, meine Empfindung hätte nicht das zurückgebracht, am Ende frage ich mich, was ich gesucht habe, warum ich es gesucht habe, was ich immer noch suche, jetzt, beim Schreiben.

Ich versuche klar zu machen, was mir passiert ist, und dabei weiß ich, dass ich durch den Versuch, es klar zu machen, die Empfindungen bei dem, was mir passiert ist, niemals wiederfinden werde.

Ich versuche es trotzdem, vielleicht, um nicht alles zu verlieren, die Empfindungen und das Übrige, wenigstens das Übrige zu behalten.

Sobald ich die erste Platte gefunden hatte, die erste Aufnahme, bin ich so weit gegangen wie einer, der die gleiche Atmosphäre schafft oder versucht, mit der gleichen Frau die gleiche Atmosphäre zu schaffen, auf der Suche nach dem gleichen Vergnügen, das er nie mehr finden kann, seine einzige Chance ist, unversehens ein anderes zu entdecken, ein besseres vielleicht, oder größeres, was unter diesen Umständen nie gelingt – ich bin also so weit gegangen, möglichst die Umstände des ersten Hörens zu wiederholen, die gleiche Zeit, die Nacht, die Frequenzanzeige, meine Position; verlorene Liebesmüh.

Die äußeren Bedingungen einer Empfindung sind nicht die Empfindung selbst, die Bedingungen einer Empfindung sind nur ihr Rahmen, und obwohl es möglich, immer möglich ist, den äußeren Rahmen wiederherzustellen, ist der innere Rahmen nicht wiederholbar, er wechselt ständig, schreibt er.

Ich frage mich noch einmal, warum ich die Interpreten nicht notiert habe.

Ich habe nicht gleich daran gedacht, ich hatte solche Angst, alles zu vergessen, eben weil ich alles behalten wollte, dass ich nur den Titel und den Komponisten notieren mochte, ohne an die Aufnahme zu denken; ich habe nicht sofort daran gedacht, ich gebe es zu.

Zu meiner Entlastung will ich doch sagen, ich führe schrecklich gern Entlastungsgründe an, dass ich nicht abgewartet habe, bis die Dame im Radio die Interpreten nannte, da war ich schon aufgestanden, um den Namen Mozart und das Konzert zu notieren, den Rest habe ich nicht gehört.

Erst jetzt fällt mir ein, dass ich ja auch beim Rundfunk hätte anrufen und nach der Aufnahme fragen können, die an dem und dem Tag um soundso viel Uhr gesendet worden war.

Man kann immer beim Rundfunk anrufen, man kann es immerhin versuchen; ich habe es einmal gemacht, weil ich einen Redakteur zusammenscheißen wollte, der schlecht von einem Dichter gesprochen hatte, den ich sehr mag.

Natürlich kann man schlecht von einem Dichter sprechen, deshalb kann er trotzdem ein großer Dichter sein, aber dieser Herr legte so viel Verachtung in den Klang seiner Stimme, dass ich ihn unbedingt anrufen musste, ich wollte ihm wenigstens klar machen, dass er es sich nicht ohne weiteres erlauben kann, über irgendwen irgendwas zu sagen, unter dem Vorwand, dass er bei einem Kulturprogramm am Mikrofon sitzt, wo ihm niemand reinreden kann.

Ich habe ihn dann doch nicht ans Telefon bekommen, sondern nur eine Sekretärin, aber sie hat mir versprochen, meine Beschwerde weiterzugeben, das hat sie wenigstens gesagt.

Wo war ich stehen geblieben?

Ach ja, ich besitze nur drei Aufnahmen von dem Konzert.

Ich lese wieder, was ich geschrieben habe, als wüsste ich nicht, wie es weitergeht, und frage mich, ob mich das, was ich da lese, interessiert, ob ich auf die Fortsetzung gespannt bin.

Bin ich auf die Fortsetzung gespannt?

An schlechten Tagen, und die sind kaum zu zählen, gebe ich mir darauf nicht einmal eine Antwort, aber an guten Tagen, wenn sich einmal ein guter Tag mit Erfolg in die Reihen der schlechten einschleicht, antworte ich mir: Hand aufs Herz, warum nicht?

»Hand aufs Herz« stimmt nicht, ich bin unaufrichtig und spiele ein blödes und gefährliches Spiel, natürlich kenne ich die Fortsetzung, das Ende und sogar den Anfang, ich habe einen Plan, aber ich bin nicht in der Lage, ihn auszuführen, richtig anzufangen, denn richtig anzufangen hieße, auch richtig zum Schluss zu kommen, und ich will nicht zum Schluss kommen, jetzt noch nicht, wo ich einmal einen Plan habe; ich widerspreche mir gern.

Ich versuche noch immer, mein Vorhaben zu sabotieren, deshalb bete ich alle diese Präliminarien herunter und bete zum Himmel, dass ich müde werde und es mit dem Plan gut sein lasse, entmutigt und verzweifelt, ich will mich dieses eine Mal nicht gehen lassen, ich habe keine Zeit mehr zu verlieren, ich habe schon genug davon verschwendet mit meinem Gejammer; ich werde etwas tun.

Es gilt, Ordnung in die Sache zu bringen, das Ganze zu klassifizieren, jede Bemerkung zu streichen, die nicht zur Geschichte gehört, nur glaube ich, dass alle Bemerkungen zur Geschichte gehören, einerseits sind sie der Grund und der Nährboden meiner Geschichte, ohne sie krepiere ich, ich würde ersticken, und andererseits will ich alles mit meinem Leser teilen, von dem ich annehme, dass er meinen Widerwillen gegen klinisch reine Geschichten in korrektestem Französisch teilt, also werde ich nichts ändern; ich liefere das Ganze so ab, wie es ist.

Ich besitze nur drei Aufnahmen von dem Konzert. Die zweite habe ich geschenkt bekommen, von einem Freund.

Hier, sagte er eines Tages, als er einfach so auftauchte wie die Blumen im Frühling, als wolle er mir Blumen schenken, als ob ich seine Frau wäre, es fehlt nicht viel daran – ich habe dir eine sehr schöne Aufnahme von deinem geliebten Konzert mitgebracht; mein Konzert, das denkst auch nur du, es ist nicht mein Konzert, obwohl ich das langsam selbst glaube, je öfter ich es höre – da hast du mal eine Abwechslung, sagte er.

Dann brach er sich einen intelligenten Vergleich ab: Genau genommen ist es wie mit einer Frau, du meinst, du bist mit einer vollkommen glücklich, bis du eines Tages merkst, dass du mit einer anderen noch glücklicher bist, das heißt, wenn du es merkst, vorausgesetzt, angenommen, dass es dir eines Tages bewusst wird, sagte er; ich habe nichts kapiert.

Seine Version hat mir nicht gefallen, ich fand sie affektiert, zumindest glanzlos, ohne Esprit, aber vielleicht lag das daran, dass mir überhaupt nicht gefallen hatte, wie er sie mir überreichte, wie eine Art Arznei, als ob er mich von meiner ausschließlichen Leidenschaft für dieses Werk heilen wollte, die auch ihn ausschloss, sicher war er eifersüchtig, auf das Konzert, auf mich, auf unser Verhältnis, das undurchsichtig und klar zugleich war, auf uns, das harmonische Paar, er musste sich einmischen; ich frage mich, was aus ihm geworden ist.

In meinen ästhetischen Vorlieben, in der Musik oder anderswo, lasse ich mich von niemand beeinflussen, deshalb hängt alles vom Zufall ab, und manchmal entscheidet die Zeit darüber, oder das Wetter.

An diesem Sonntag hatte ich Lust, in Paris herumzulaufen, trotz des Regens und des kalten Windes, es regnete und der Wind wehte, beides ziemlich stark.

Reichlich deprimiert schlenderte ich durchs Quartier Latin, das verlassen war von meiner Jugend; ein paar Passanten, Ausländer und Müßiggänger, wurden langsam nass, so wie ich.

Unter meinem Schirm, der sich blähte wie ein schwarzes Segel und zu brechen drohte wie der Mast meines Nachens, der ein Sinnbild meiner Zerbrechlichkeit ist, ging ich den Boulevard Saint-Michel hinunter, achtete nur wenig auf die dunkle, abschüssige Straße, die von Bäumen gesäumt war.

Weil der Regen heftiger wurde, bin ich in das Schallplattengeschäft gegangen, das am Sonntag geöffnet hat, hauptsächlich, um mich unterzustellen, aber auch, um einen Blick auf die Platten zu werfen.

Es roch nach Hund, nach nassen Haaren und Kleidern; die glänzenden Haare der zwielichtigen Typen, die vor den Plattenkästen herumlungerten, als hätten sie nichts zu tun, und die Rockmusik sprengte einem den Schädel.

Dort habe ich die dritte, großartige Aufnahme des Konzerts gefunden, die mir viel von meiner Empfindung zurückgegeben hat.

Ich will nicht sagen, dass sie die ursprüngliche Empfindung ganz wiederhergestellt hat, reden wir nicht von der unmöglichen Wiederherstellung eines ursprünglichen Zustands, so etwas gibt es nicht, man wacht morgens nie als genau derselbe auf wie am Tag zuvor, folglich konnte meine Empfindung nicht genau dieselbe sein, aber sie hat meine Leidenschaft für das Werk wiederbelebt, denn ich muss sagen, dass diese Leidenschaft langsam erlosch.

Ungefähr so geht es mir jetzt auch, ich spiele das Konzert ununterbrochen, als Hilfe bei meinem Vorhaben, aber ich fühle, wie ich den Glauben verliere, die Hoffnung, den Mut, die Kraft weiterzumachen.

Los, Mensch, reiß dich zusammen, diesmal lohnt es sich.

Ich habe schon gesagt, wo und wie ich mir die erste Aufnahme besorgt habe, ich glaube es zumindest, ich weiß es nicht mehr, ich müsste meinen Text wiederlesen, das schaffe ich nicht; auch gut, ich fange noch einmal von vorne an.

Es war der Tag, nachdem ich das Konzert zum ersten Mal im Radio gehört hatte, in einem Geschäft in der Avenue d'Italie, das es jetzt nicht mehr gibt; ich weiß nicht, was da jetzt ist, manchmal komme ich dort vorbei, aber ich achte nicht darauf, ich schaue nur so hin, ich will es gar nicht wissen.

Schon damals ging der Laden nicht besonders gut, übrigens wohnte ein alter Freund von mir da in der Gegend, das hat nichts damit zu tun, aber es fällt mir gerade ein, ein paar Häuser weiter, und auch eine junge Frau, die ich früher einmal sehr geliebt hatte, gleich dahinter, an der Ecke Rue de Tolbiac / Avenue de Choisy, sie hat einen Friseur geheiratet, einen Italiener, der mit ihr nach Italien gegangen ist.

Vor ein paar Jahren habe ich noch einmal ihr Haus angeschaut, es hat ihr nicht gehört, der Armen, ich meine das Haus, wo sie wohnte, ich habe sie abends oft dorthin begleitet, vor der Tür haben wir lange geknutscht; sie war meine erste Freundin, ich hatte keine Ahnung, sie hat mir alles beigebracht, und als ich zu ausschließlich Gefallen daran fand, hat sie mich abserviert.

Es war eine lächerliche, sentimentale Wallfahrt, seit Jahren hatte ich Lust dazu, brachte aber den Mut nicht auf, ich hatte Angst, das war ein Fehler, ich habe nicht viel von damals wiedergefunden, so am helllichten Tag, ich hatte die Szene bei Nacht vor Augen, mit dem Sonnenschein an dem Tag hatte das nichts zu tun; ich habe nichts gefühlt, oder doch, einen leichten Stich, wegen der Anstrengungen, mich in die verliebte Atmosphäre von damals zurückzuversetzen, ich war hinterher trauriger als vorher, so ist das Leben.

Es war ein beleuchteter Laden, das Schaufenster sah wenig einladend aus, sie wollte gar nichts verkaufen, nicht viel zumindest, ich habe mich gefragt, warum die Frau das überhaupt machte, während ich mir mit ihr zusammen das Konzert anhörte.

Die gleiche Frage habe ich mir einmal bei einer Nutte gestellt, aber das ist eine andere Geschichte, sie wollte es nicht so, wie ich wollte; ich war kaputt, zu kaputt, um weiter darauf zu bestehen, so, wie sie wollte, konnte ich es nicht.

Zwei Stunden lang war ich im Regen in dem Viertel da herumgelaufen, ich konnte mich nicht entscheiden, schließlich habe ich mich für sie entschieden, sie schien völlig fertig zu sein, so wie ich, aber sie wollte nicht so, wie ich es wollte, als wir oben waren, war sie total dagegen.

Da habe ich sie gefragt, warum sie das macht: Warum machen Sie das denn dann?

Sofort danach habe ich mich für diese Frage geschämt, das arme Kind schaute mich an, sie wirkte so müde, erschöpft, unglücklich, verzweifelt.

Ich wollte mich an ihr rächen, ihr mein Versagen heimzahlen, meine momentane Impotenz, aber ich hätte sicher gekonnt, wenn sie so gewollt hätte wie ich.

Was für eine Trostlosigkeit, wenn ich an uns beide zurückdenke, sie und ich in diesem winzigen, muffigen, stinkenden Zimmer, das vor Dreck starrte; sie bemühte sich, dass ich ihn hochkriege, um mir den Gummi überzuziehen, ich versuchte, ihr zu helfen, indem ich mich an ihr aufgeilte, es war todtraurig, absolut furchtbar, eine unheimliche Schlaffheit, ohne Grund, ohne Ende und Ausweg, ich konnte nicht; ich frage mich, was aus ihr geworden ist.

Sie hatte mir vorgeschlagen, sie anzuhören, und ich hatte ganz erstaunt zugestimmt, ich hatte noch nie eine Platte angehört, bevor ich sie kaufte, sicherlich aus Angst, ich würde mich dazu äußern, etwas beurteilen müssen, was ich nicht beurteilen kann, ich müsste so tun, als hätte ich eine Meinung, ein kritisches Ohr, in solchen Situationen bin ich wie taub; kurz und gut, aus Angst, man könnte denken, ich wagte nicht, Nein zu sagen, ich sähe so aus, als sagte ich zwar Ja, ich nehme sie, wollte aber gar nicht; dieses Mal dagegen war ich einverstanden, sie mir anzuhören, mit ihr zusammen im Geschäft, nicht in einer Kabine.

Das Komischste an der Sache ist, dass wir die Platte bis zum Ende gehört haben, in dem düsteren Geschäft, das nur von dem kleinen Schaufenster etwas Licht bekam, die Beleuchtung war trotz des trüben Wetters nicht an, es war ja auch keiner da.

Sie hatte nichts anderes zu tun, also hat sie sie mit mir bis zum Ende angehört, hinten in dem ziemlich großen Laden, er war größer, als man von außen vermutet hätte, das Schaufenster war nur der Hals einer sich weitenden Flasche, und drinnen war ich überrascht, Dutzende von gut gefüllten Plattenfächern vorzufinden.

Durch die schwere Tür drangen keine Geräusche, man hörte nichts von der Straße, die Akustik war hervorragend, der Raum und die Atmosphäre, der Geruch mit dem Licht zusammen, es war wie in einer alten Buchhandlung.

Es war ein richtiger, großer Genuss, diese schöne Musik ganz zu hören und dabei dem Betrieb draußen zuzuschauen.

Auch sie betrachtete die Straße im Halbschatten, der erfüllt war von klingender Wonne, den Blick ins Leere gerichtet, den Ellbogen auf die Kasse und das Kinn in die Hand gestützt; ich hatte nur Angst, ein anderer Kunde könnte hereinkommen und uns stören.

Als ich den Laden betreten hatte, hatte ich Hemmungen wie immer, aber sie war sehr freundlich, ihr Gesicht verriet eine solche Langeweile, dass ich mir sagte: Gut, dass ich eingetreten bin, ich bin sicher willkommen.

Zwar hatte ich zuerst Angst, sie zu stören, aber gleich darauf habe ich gedacht, sie freue sich, mich zu sehen, wäre zumindest froh, Besuch zu bekommen.

Ich war verlegen, ich wusste wie immer nicht weiter, nachdem ich Guten Tag gesagt hatte: Madame, entschuldigen Sie die Störung, ich möchte, ich hätte gern, bitte – sie schaute mich verstört an –, ich möchte gern wissen, ob Sie zufällig, haben Sie, hätten Sie, könnte es sein, dass Sie, vielleicht kennen Sie es, ein Konzert, eins von den Konzerten von Mozart, ich suche eines für Klarinette, es ist in A-Dur, von Mozart, kennen Sie es?

Es gibt nur eins, sagte sie, ich habe es da.

Zu Hause – ich erinnere mich, es war an einem Samstagabend um sechs, es war trübsinniges Wetter, so wie heute, aber das Wetter ist nicht trübsinnig, es kann gar nicht trübsinnig sein, das Wetter hat keine Gefühle, keine Seele, ebenso wenig wie Neger und Frauen, es wechselt, es kommt und geht, zumindest habe ich den Eindruck, dass es wiederkommt, wenn es wechselt, letztes Jahr hatten wir nämlich um dieselbe Zeit genau das gleiche Wetter.

Aber ich bin nicht mehr derselbe, ich bin es, der sich ändert und der dahingeht, der den Eindruck hat, sich zu ändern und dahinzugehen, während die Zeit unverändert und statisch bleibt, es ist sogar mehr als ein Eindruck, ich verändere mich, ich vergehe, ich komme nur auf einen Sprung vorbei, schreibt er, lassen Sie sich nicht stören.

Zu Hause habe ich sie immer wieder gehört, ich

habe nicht das Gleiche empfunden wie in der ersten Nacht am Radio, nicht nur das, natürlich habe ich immer weniger davon empfunden, je öfter ich sie hörte, ich hatte auch nicht die gleiche Empfindung wie bei der Dame im Geschäft.

Nichts wird wieder sein wie früher, alles ist verloren, schreibt er.

Als das Konzert zu Ende war, steckte sie die Platte vorsichtig wieder in die Hülle und dann in eine Papiertüte und gab sie mir.

Es ist sehr schön, sagte ich, anders als das, was ich gestern Abend gehört habe, aber sehr schön.

Nicht wahr?, sagte sie und fügte hinzu: Ich bestelle es auch für mich.

Kannten Sie es nicht?, fragte ich.

Doch sicher, sagte sie, ich habe es zu Hause, aber nicht diese Aufnahme.

Sofort dachte ich, sie hätte vielleicht die Platte, die ich im Radio gehört hatte, ich fragte sie, was für eine Aufnahme das wäre, aber was sie sagte, sagte mir nichts, ich konnte mich wirklich nicht erinnern, ich hoffte, ich könnte es vielleicht doch, aber nein, dann sagte ich: Gut, auf Wiedersehen, Madame, danke schön, und ich bin gegangen.

Sie wollte nicht, dass ich bezahle, das ist die Wahrheit.

Dann habe ich eines Tages im Radio gehört – deshalb erzähle ich das alles –, das Konzert sollte in Paris aufgeführt werden, und ich habe mich entschlossen, hinzugehen.

Bevor ich weiterschreibe, muss ich Sie warnen, das Folgende ist eine Zumutung, eine raffinierte, äußerst qualvolle Folter, aber beklagen Sie sich nicht, ich habe den Weg schon einmal zurückgelegt, den ganzen Weg, und ich gehe ihn noch einmal, um Ihnen eine Freude zu machen.

2.

Ich habe nichts anzuziehen, sagt er sich, um ins Konzert zu gehen, brauche ich einen Anzug und Schuhe, die zu dem Anzug passen, wenn's denn sein muss, und natürlich ein Hemd, das zu dem Anzug und den Schuhen passt, und eine Fliege zum Hemd und dem Anzug und den Schuhen.

Zum Glück ist Sommer, im Winter hätte ich noch einen Mantel gebraucht, in meinem alten Dufflecoat kann ich hier in der Straße herumlaufen, aber nicht ins Konzert gehen, aber das ist egal, es ist ja Sommer und nicht Winter, sagt er sich.

Erst den Anzug, dann die Schuhe.

Für ihn ist es ganz normal, sich erst um den Anzug und dann um die Schuhe zu kümmern, also ich meine, er sieht sich selbst oder einen anderen mit einem neuen Anzug und alten Schuhen, aber auf keinen Fall das

Umgekehrte, nämlich jemand mit neuen Schuhen und einem alten Anzug, wollte ich sagen; in einem alten Anzug, hätte ich sagen sollen.

Erst den Anzug, dann die Schuhe.

Als er den Anzug kaufen geht, kommt er an einem Schuhgeschäft vorbei, das übrigens ein weibliches Schuhgeschäft ist, wenn man so sagen kann, und bemerkt ein schönes, aber etwas teures Paar Schuhe; sie sind sogar mehr als etwas teuer, sehr teuer.

Er betrachtet sie und fragt sich, ob sie zu dem Anzug passen, den er sich noch nicht ausgesucht hat, von dem er sich aber doch schon eine vage Vorstellung macht; gestern hat er den ganzen Abend darüber nachgedacht.

Er betrachtet sie also und sagt sich: Wenn die Schuhe nur ein bisschen teurer sind als der Anzug und dann nicht dazu passen, bin ich reingefallen, ich sollte besser erst den Anzug kaufen.

Ich verstehe seine Überlegungen nicht: Für ihn ist es wahrscheinlich ganz normal, sich einen Anzug auszusuchen, der teurer ist als die Schuhe, die dazu passen, und nicht das Umgekehrte, nämlich Schuhe zu kaufen, die teurer sind als ein Anzug, der dann nicht dazu passt, aber sicher täusche ich mich, die Sache ist offensichtlich komplizierter, vermutlich ist er neurotisch.

Man sollte das als Erstes kaufen, was normalerweise am teuersten ist, sagt er sich, und Schuhe sind normalerweise billiger als Anzüge, obwohl das von den Anzügen abhängt, und auch von den Schuhen, manche Schuhe sind teurer als manche Anzüge.

Die Schuhe gefallen ihm gut, und die Kassiererin auch, eine echte Rothaarige mit grünen Augen, die ihre Echtheit garantieren, obwohl es auch eine Brünette mit grünen Augen sein könnte, die sich die Haare rot hat färben lassen, das gibt es, aber sie hat auch Sommersprossen im Gesicht, das Markenzeichen jeder echten Rothaarigen, aber er überlegt, ob nicht auch manche Brünette Sommersprossen im Gesicht haben, solche mit gefärbten Haaren vielleicht, oder vielleicht sind die Sommersprossen unecht, und deshalb traut er sich nicht zu denken, dass die Kassiererin eine echte Rothaarige ist mit allem, was dazugehört – das ist eine Enttäuschung für ihn.

Die Schuhe gefallen ihm gut, aber hat das nicht etwas mit der hübschen Kassiererin zu tun? Denn immerhin ist es kein Zufall, dass sie da ist, man setzt nicht ohne Grund eine hübsche Rothaarige an die Kasse.

Jedenfalls hoffe ich, der Anzug wird nicht zu teuer, sagt er sich, denn wenn er wie üblich teurer ist als die Schuhe, die schon sehr teuer sind, habe ich nicht genug Geld.

Er ist arm, das dürfte klar geworden sein, er ist arm auf die Welt gekommen und ist es noch immer, das ist sein Verdienst, er weiß, was man von Reichtum zu halten hat, aber keiner fragt ihn danach.

Er zögert und überlegt noch einmal von vorn: Die Schuhe sind wirklich sehr elegant, sagt er sich, aber ein Anzug, der dazu passt, vielleicht passen soll, ist normalerweise teurer, muss sogar teurer sein, wenn ich sie also jetzt kaufe, habe ich nicht mehr genug für den Anzug, ich müsste die Schuhe umtauschen, sie zurückbringen und darum bitten, dass man sie mir umtauscht, ich müsste mir ein billigeres Paar aussuchen, das trotzdem zu dem Anzug passt, den ich noch nicht gekauft habe, von dem ich aber doch schon eine vage Vorstellung habe, fürs Konzert; Schluss, ich kaufe die Schuhe erst, wenn ich den Anzug habe, nicht vorher.

Nach zahlreichen Komplikationen dieser Art – aber wie könnte es bei einem Menschen anders sein, bei dem die natürliche, normale, heilsame Unschlüssigkeit krankhaft ist, frage ich mich.

Nach zahlreichen Komplikationen dieser Art sucht er sich einen Anzug aus, ein Hemd, das mit dem Anzug, und eine Fliege, die mit dem Hemd und dem Anzug zusammengehen sollen, das Ganze passend für das Konzert, das er besuchen will, obwohl ich daran allmählich Zweifel habe angesichts der tragischen Wendung, die die Dinge nehmen, er kommt mit dem Anzug zurück, den er sich ausgesucht hat, um die Schuhe zu kaufen, oder nein, er hat ihn nicht ausgesucht, um die Schuhe zu kaufen, er hat ihn in Relation zu den Schuhen ausgesucht und kommt mit dem Anzug zurück, um die Schuhe zu kaufen, die er sich ausgesucht hat.

(Alles klar? Noch keine Depressionen?)

Er kommt wieder zu dem weiblichen Schuhgeschäft, wenn man so sagen kann, bleibt vor dem Schaufenster stehen und zieht aus der Tüte einen Ärmel des Anzugs hervor, um die Farben zu vergleichen.

Die Schuhe sind nicht mehr da.

Er geht hinein und erkundigt sich, sie sind gerade verkauft worden, er bleibt hartnäckig, es war das einzige Paar, das letzte.

Welche Größe war es?, will er wissen; sie hätten ihm

nicht gepasst, es muss ihm also nicht Leid tun. Er will sich andere aussuchen, es tut ihm trotzdem Leid, aber das will er sich nicht eingestehen und sagt sich: So oder so war es nicht meine Größe, und sie waren zu teuer; er schaut sich weiter um.

Er sieht ein Paar, das ihm gut gefällt, sie sind nicht so teuer wie die anderen, passen aber nicht zum Anzug, er nimmt sie trotzdem, mit dem Hintergedanken, mit dem gesparten Geld könnte er den Anzug gegen einen anderen umtauschen, der ihm besser gefallen hatte, aber zu teuer war; alles kommt in die Reihe.

Er geht zurück zu dem Herrenkonfektionsgeschäft, mit zwei Tüten, in der einen ist der Anzug, in der anderen sind die Schuhe, die nicht zum Anzug passen, besser gesagt, der Anzug passt nicht mehr zu den Schuhen, die anderen hätten dazu gepasst.

Er hofft, dass sein Blick nicht zu früh den der Verkäuferin kreuzt; prompt kreuzen sich ihre Blicke sehr früh, um diese Zeit ist niemand im Geschäft und die Verkäuferin hat nichts zu tun, ihr Blick scheint ihn zu fragen: Ist etwas nicht in Ordnung?, fragt die Verkäuferin und denkt dabei: Schon wieder diese Nervensäge.

Doch, alles o. k., sagt er, aber ich habe es mir noch einmal überlegt und würde, wenn es geht, den Anzug gegen den da unten umtauschen, er gefällt mir besser, und ich finde, er wäre passender fürs Konzert, nur wenn es geht, und er fügt hinzu: Es ist fürs Konzert.

Sicher, sagt die Verkäuferin, aber wenn es der ist, den ich meine, der ist etwas teurer. Das weiß ich, sagt er, aber da ich diese Schuhe hier gekauft habe – er zeigt sie ihr –, die billiger waren als die, die ich ursprünglich wollte und die schon weg waren, kann ich, glaube ich, die Differenz bezahlen.

Wie viel genau kostet er mehr, fragt er, plötzlich beunruhigt, das heißt, er tut nur so, als wäre er beunruhigt, denn er weiß es, es könnte ja sein, dass er inzwischen billiger geworden ist. Zweihundert Francs, sagt die Verkäuferin, wenn es der ist, den ich meine; sie weiß es genau, sie hat gesehen, dass er vorhin lange vor dem bewussten Anzug stehen geblieben ist, wie vor einer Ikone.

Doch so viel, sagt er, das ist 'ne Menge Geld, und dann: Also gut, ich überlege es mir noch mal und schaue mir dabei die anderen Anzüge an, ich überlege beim Durchschauen. In Ordnung, sagt die Verkäuferin, die vor Hunger umkommt, ihre Kollegin braucht wirklich ewig zum Essen.

Statt direkt auf den Anzug zuzugehen, der ihm besser gefällt, hält er sich zurück, zieht das Vergnügen in die Länge, macht Umwege und schlendert in den Alleen der Kleiderstangen umher.

Er kommt an einem Stapel Hemden vorbei, zuoberst liegt ein weißes; er überlegt, ob ein weißes Hemd fürs Konzert nicht besser wäre, nimmt das andere aus der Tüte und vergleicht Farbe und Stoff.

Das andere Hemd ist weiß mit beigefarbenen Streifen, unterschiedlich breit, aber in regelmäßigem Wechsel, ein breiter, ein schmaler, wieder ein breiter, die breiten überwiegen, es wirkt fast beige und die rote Fliege passt sehr gut dazu.

Das weiße wäre besser fürs Konzert, sagt er sich.

Er hält die beiden Hemden nebeneinander.

Wenn ich das Hemd umtausche, sagt er laut, er führt ein Selbstgespräch, muss ich auch die Fliege umtauschen, oder doch nicht, vielleicht passt es zusammen, zu Weiß passt alles.

Er nimmt eine grüne Fliege aus dem Korb neben den Hemden, sie haben sich etwas dabei gedacht, als sie ihn dort aufgestellt haben, das ist praktisch, er wirft die rote Fliege in den Korb, tauscht das beige gestreifte Hemd mit roten Streifen aus – es hat auch rote Streifen, wenn man genau hinschaut, aber so unauffällig, die Abstände dazwischen sind so groß, dass man sie kaum sieht, wenn man sie aber bemerkt hat, erkennt man, welche Rolle sie in der Farbkombination spielen, sie stellen ein trennendes Gleichgewicht her.

Man hat oft Gleichgewicht und Trennung nötig, schreibt er, Trennung im Gleichgewicht und Gleichgewicht in der Trennung, für eine Scheidungsregel.

Er tauscht das schöne Hemd gegen das weiße aus, das er mit der grünen Fliege in seine Tüte steckt, und geht auf den Anzug zu, den er schöner findet.

Er wäre besser fürs Konzert, sagt er sich dabei, und die Fliege passt sehr gut dazu, dann trällert er die ersten Takte des ersten Satzes: Di, da, dadididadada.

Er hört auf, bleibt vor dem Anzug stehen und schaut ihn sich an: Ich müsste ihn anprobieren, sagt er sich.

Den anderen hat er nicht anprobiert, er probiert die Sachen, die er kauft, nie an, Anprobieren ist ihm zuwider; er kauft sehr selten Sachen zum Anziehen, aber wenn, dann immer unbesehen, manchmal hat er Glück und sie passen ihm, aber diesmal kommt's darauf an, es ist fürs Konzert, sagt er sich.

Er dreht sich um und will der Verkäuferin sagen,

dass er ihn anprobieren möchte, es ist auch eine Verkäuferin da, aber nicht dieselbe, seine Verkäuferin findet er nicht wieder, sie ist essen gegangen.

Er ist um die Mittagszeit gekommen, weil dann nichts los ist, unter der Woche ist es ruhig.

Die andere Verkäuferin wirft ihm über die Kleiderstangen hinweg einen fragenden Blick zu, sie ist kleiner als ihre Kollegin, brünett und mollig; er sieht sie in voller Größe, sobald sie hinter den Kleiderstangen hervorkommt, zunächst sieht er, dass sie brünett ist, aber noch nicht, dass sie mollig ist in ihrer durchsichtigen Bluse und dem engen schwarzen Rock; sie hat blaue Augen, trägt eine unechte Perlenkette – nur die und die Schuhe sollte sie für ihn anbehalten, wenn das möglich wäre, wenn es möglich wäre, dass sie sich für ihn auszieht, um ihm eine Freude zu machen, und die Strümpfe auch und das, was die Strümpfe hält, denkt er, als er sieht, wie sie geht; verschämt denkt er daran, ohne dass er es wagt, die Sache beim Namen zu nennen, im Geist das Wort auszusprechen, das ihn verwirrt.

Sie kommt näher und wackelt dabei genauso mit den Hüften, wie er es gern hat bei einer Frau.

Ich möchte den hier anprobieren, sagt er und berührt mit den Fingerspitzen das Revers.

Die Verkäuferin schaut auf die Tüte, eine Tüte vom Geschäft.

Ich möchte den Anzug umtauschen, sagt er und zeigt ihr die Tüte, ich will den hier nehmen, er zeigt auf den Anzug, der da hängt, er gefällt mir besser und wäre passender fürs Konzert, wenn das geht, und er fügt hinzu: Es ist für ein Konzert.

Ich frage an der Kasse, sagt die Verkäuferin.

Sie verschwindet zwischen den Kleiderstangen, geht zur Kasse, verhandelt mit dem Kassierer und schaut in eine andere Richtung, als sie zurückkommt.

Der Kassierer hat zu ihr gesagt: Ja, warum nicht, aber so etwas nervt mich, das gibt Probleme bei der Abrechnung, sagen Sie Nein. Aber, sagt die Verkäuferin. Kein Aber, sagt der Kassierer, ich sage Nein.

Wir tauschen nicht um, sagt die Verkäuferin.

Aber ich habe ihn erst vor einer halben Stunde gekauft, sagt er, ich habe ihn nicht einmal anprobiert, die andere Verkäuferin könnte es Ihnen bestätigen, wo ist sie, eine große Blonde, sehr mager, mit schwarzen Augen, sie hat einen schwarzen Pullover und einen hellen Rock an.

Ja-nine, sagt die Verkäuferin, sie ist zum Essen gegangen.

Da sehen Sie, sagt er, es ist noch nicht einmal eine halbe Stunde her, nur so lange, wie ich gebraucht habe, um passend zum Anzug – er zeigt ihr die Tüte – die Schuhe zu kaufen, die mir auf dem Weg hierher aufgefallen waren, aber ich musste feststellen, dass sie nicht mehr da waren, übrigens dachte ich zuerst, ich wäre im falschen Geschäft, aber nein, es war schon das richtige, ich habe die Kassiererin wiedererkannt, eine schöne Rothaarige mit grünen Augen, vielleicht sind die Haare auch gefärbt, kurz und gut, es hat gerade so lange gedauert, wie ich gebraucht habe, um mir andere Schuhe auszusuchen, die mir gut gefallen, aber überhaupt nicht zu diesem Anzug passen – er zeigt ihr die Tüte –, den ich mir zusammen mit Janine ausgesucht hatte, Sie haben doch gesagt, sie heißt Janine, aber sie würden viel besser zu dem Anzug hier passen – er zeigt auf den Anzug auf der Stange –, er gefällt mir besser und wäre passender fürs Konzert, finde ich; ich weiß, er ist etwas teurer, aber da die Schuhe, die ich dann gekauft habe, billiger waren als die, die ich wollte, kann ich die Differenz bezahlen, kann ich ihn anprobieren?

Die Verkäuferin sieht aus, als dächte sie, sie würde ohne Zögern so oder so entscheiden, wenn es in ihrer Macht stünde, aber das steht es nicht.

Los, Janine, seien Sie ein Schatz, sagt er.

Ich heiße nicht Janine, ich heiße Lucienne, sagt Lucienne.

Ich frage noch mal an der Kasse, sagt Lucienne.

Los, Lucienne, seien Sie ein Schatz, sagt er.

Sie verschwindet zwischen den Kleiderstangen, geht zur Kasse, verhandelt mit dem Kassierer und schaut in eine andere Richtung, als sie zurückkommt; so kann er ihren Gang bewundern, sie wackelt mit den Hüften.

Es geht klar, sagt sie, wir tauschen ihn um.

Können Sie mir die Tüte halten, während ich ihn anprobiere?, sagt er. Nein, die nicht, die Schuhe nehme ich mit, ich ziehe sie zusammen mit dem Anzug an.

Die Verkäuferin nimmt die Tüte mit dem anderen Anzug und entfernt sich schamhaft; er trällert jetzt die ersten Takte des zweiten Satzes: Dadi, didididada.

Er nimmt den Anzug vom Ständer, hört einen Augenblick auf zu singen und überlegt sich, dass er es gern gehabt hätte, wenn Lucienne mit ihm in die Kabine gekommen wäre; ein paar Sekunden lang stellt er sich die gewagtesten Stellungen vor, dann geht er in die Kabine und zieht den Vorhang vor, der ein ganzes Stück zu kurz und zu schmal ist.

Er versucht, ihn weiter zuzuziehen, schafft es nicht,

versucht es noch einmal, gibt auf, hängt den Anzug an den Haken, erschrickt, als er sich im Spiegel sieht, und fängt an, sich auszuziehen, die Kabine ist winzig; außerdem ist er bemüht, sich hinter dem Vorhang zu verstecken.

In der Vertikale sieht man seine Füße und seine nackten Beine bis zum Knie, er schwitzt enorm, drei starke Lampen knallen von der niedrigen Decke auf seine klatschnasse Stirn.

Er weiß nicht, wohin mit seinen Sachen, am Haken hängt schon der Anzug, also legt er sie auf den kleinen runden Schemel, der ungefähr den gleichen Durchmesser hat wie eine Single-Schallplatte; wo er gerne mit Lucienne, wenn man darauf hätte sitzen können, die Beine auseinander, nein, zusammen, vor allem nicht den gleichen Fehler machen wie vor dreißig Jahren mit der Kleinen aus der Rue de Tolbiac – sie hatte ihm sagen müssen, dass er die Beine nicht spreizen durfte, sondern sie geschlossen halten musste, dass sie die Beine zu spreizen hätte, und als sie schließlich die Geduld verlor, hatte sie ihm mit der Hand Erleichterung verschafft, aus Gründen der Gesundheit, also Beine zusammen, er mit einer höllischen Erektion, und sie, Lucienne, mit hochgeschobenem Rock, mit den nackten Brüsten, die sichtbar wurden, als sie ihre durchsichtige Bluse so hastig öffnete, dass beinahe die Knöpfe absprangen; Lucienne also hätte sich auf seine Knie gesetzt, um ihn zu küssen, zu streicheln, in die Hand und in den Mund zu nehmen und es zuletzt mit ihm zu machen, und, wham, da kommt's ihm.

Der Vorhang wird brüsk beiseite geschoben: Also?, sagt Janine, die vom Essen zurück ist.

Sekunde!, brüllt er halb nackt, dann packt er sie stürmisch am Arm und zerrt sie mit Gewalt zu sich in die Kabine, die große Blonde stößt einen eigenartigen Schrei aus, irgendetwas zwischen Staunen und Schrecken, er lässt sie los und zieht den Vorhang wieder zu.

Außer sich, hört er vor dem Vorhang die Stimme von Lucienne, die hören will, was los war, und von Janine.

Was ist los?, fragt Lucienne. Nichts, antwortet Janine. Lucienne bleibt hartnäckig, neugierig flüstert sie vor Begierde, aber Janine gibt nichts von sich preis.

Er ist erkennbar noch in Socken und im Hemd, und man sieht, wie er in die Hose steigt, dann errät man, dass er die Jacke anzieht, weil der Vorhang bebt und sich sogar richtig bewegt.

Er schiebt den Vorhang beiseite und steht jetzt im neuen Anzug da, mit klatschnassen Haaren, puterrot.

Drehen Sie sich mal um, sagt Janine, ich will sehen, wie er passt.

Er dreht sich: Ich finde die Jacke ein bisschen, also ich weiß nicht, sagt er. Die Hose fällt ihm harmonikaartig auf die Füße: Ziehen Sie die Schuhe an, wegen der Länge, sagt Janine. Er hebt die Hosenbeine an und geht die Schuhe anziehen, er bewegt sich zur Kabine und hält dabei die Hosenbeine, so wie eine Dame ihr Kleid rafft, damit es auf der regennassen Straße keine Spritzer abbekommt, wenn auf der Fahrbahn eine große Pfütze ist.

Er zieht die alten Schuhe an, die kommen ihm verglichen mit dem neuen Anzug ausgesprochen schmutzig und abgenutzt vor, aber zu meiner alten Hose, die auch schmutzig und abgenutzt ist, passen sie noch sehr gut, sagt er sich.

Er kommt wieder aus der Kabine, mit seinen alten Schuhen; die Hose ist viel zu lang und wirft Falten wie eine Ziehharmonika.

Lucienne mustert ihn, kommt näher, dann kniet sie vor ihm nieder, schlägt das Hosenbein um und steckt den Saum mit Nadeln ab, die sie irgendwo hervorzaubert wie eine Fee.

Es ist gerade nicht viel zu tun, sagt sie, ich mache es Ihnen gleich.

Er hielt sich gerade und schaute nach vorn, um sie bei ihrer Arbeit nicht zu behindern, dann senkt er auf einmal die Augen, und sein Blick fällt unwillkürlich wie der Stein der Weisen in den Ausschnitt der durchsichtigen, zu engen Bluse: Wenn ich Sie zu mir in die Kabine gezogen hätte, sagt er, was hätten Sie dann gemacht? Ich hätte es mir gefallen lassen, sagt Lucienne, aber Sie haben es nicht getan, also schweigen Sie.

Sie steht auf, tritt einen Schritt zurück, mustert ihn wieder, sie ist toll, sehr begehrenswert, und er sieht aus wie ein Bauer im Hochzeitsstaat oder im Kommunionsanzug.

So ist es gut, sagt sie zuletzt mit einem tiefen Seufzer, so dass sich die Bluse spannt, geben Sie mir jetzt die Hose?

Er geht in die Kabine, mit ihren Nadeln im Herzen, zieht die neuen Sachen aus und die alten wieder an, die ihm jetzt sehr schmutzig und sehr abgenutzt vorkommen; für einen Moment hat man seine Socken und seine nackten Beine bis zum Knie sehen oder wieder sehen können, er schwitzt stark.

Er schiebt den Vorhang beiseite und steht wieder in seinen alten Sachen da, wie vorher, wie er schon immer war, schmutzig und verbraucht, das heißt nein, er ist nicht immer verbraucht gewesen, er hat sich beim Gebrauch verbraucht, aber schmutzig doch, schon immer, er war schon immer schmutzig, er trägt dreckige Sachen, um sich mit seinem physischen und moralischen Dreck in Einklang zu fühlen und ihn nicht etwa in sauberen Sachen zu vergessen.

Er kommt näher mit dem neuen Anzug über dem Arm. Die Jacke spannt etwas, hier, in den Schultern, sagt er. Sie passt Ihnen sehr gut, sagt Lucienne. Hier ist die Hose ein bisschen weit, sagt er. Lucienne tut so, als überlegte sie, sie betrachtet ihn mit zusammengekniffenen Lippen und gerunzelter Stirn, und er denkt, dass er diesmal vielleicht Recht hat, aber Irrtum: Das ist jetzt Mode, sagt Lucienne, man trägt die Hosen etwas weiter, geben Sie sie mir?

Sie streckt die Hand aus, um ihm den Anzug abzunehmen, er reicht ihn ihr, dann nimmt er ihn ihr wieder ab, sie schaut ihn an, er schaut sie an mit starren Augen wie ein Bratfisch und fragt: Tragen Sie Strümpfe oder Strumpfhosen? Rutschen Sie mir den Buckel runter, sagt sie. Sagen Sie mir nur das noch, sagt er. Strümpfe, antwortet sie. Ach, wie schade, sagt er, denn er sieht sie noch vor sich, zu seinen Füßen hockend.

Sie nimmt ihm den Anzug aus der Hand und geht,

mehr denn je mit den Hüften wackelnd, zur Schneiderwerkstatt; ich brauche fünf Minuten, hat sie gesagt, Sie haben ja wohl fünf Minuten Zeit.

Zehn Minuten geht er im Geschäft auf und ab, läuft dreimal der Verkäuferin Janine über den Weg, die ihm jedes Mal ausweicht und hinter den Kleiderstangen verschwindet, man sieht nur noch ihren blonden Haarschopf, der darüber hinausragt wie bei einem Wanderer, der im April in der Vendée langsam auf einer Wiese an einer Hecke entlanggeht.

Oder im Mai in der Bretagne.

Von Zeit zu Zeit wirft er einen Blick auf den Kassierer und denkt an seine Tüte, die Lucienne an der Kasse deponiert hat, oder war es Janine, er muss zugeben, dass er nicht mehr weiß, welche welche ist, er erkennt diejenige, die er begehrt, aber er bringt die Namen durcheinander; in der Tüte sind der andere Anzug, das weiße Hemd und die grüne Fliege, er denkt auch an das, was er noch bezahlen muss, aber überhaupt nicht mehr an die Schuhe.

Nach einer Viertelstunde kommt Lucienne mit dem Anzug zurück und gibt ihn ihm: Danke schön, sagt sie. Er schaut sie an: Danke wofür?, sagt er. Nun, sagt sie, weil Sie sich bei uns diesen schönen Anzug ausgesucht haben. Man könnte meinen, Sie verdienen daran, sagt er. Sie gibt ihm keine Antwort, geht vor zur Kasse und weist den Kassierer darauf hin, dass nur noch der Aufpreis zu zahlen ist.

Der Kassierer nimmt den anderen Anzug, das weiße Hemd und die grüne Fliege aus der Tüte, breitet das Ganze aus, legt den neuen dazu, schaut nach dem Preis, schaut innen, findet den Anhänger am Ärmel, tippt den Betrag ein, dann das Hemd, die Fliege und addiert es zusammen.

Es kommt nicht hin, sagt der Kassierer, nachdem er die Differenz berechnet hat. Die Verkäuferinnen schauen sich an, er schaut den Kassierer an, der erst ihn und dann die Verkäuferinnen anschaut, die erst sich und dann ihn anschauen; der Verkäufer überlegt: Was ist das für ein Kuddelmuddel?, fragt er.

Der Kassierer wühlt in der anderen Tüte, das heißt, es gibt nur eine Tüte, ich weiß nicht, warum ich die andere Tüte sage, wahrscheinlich habe ich Angst, mich zu irren, oder es liegt an der Müdigkeit, ja, es liegt bestimmt an der Müdigkeit, ich bin kaputt, und wenn ich kaputt bin, habe ich das Gefühl, die ganze Welt hat mich vergessen, ich erzähle ganz allein meine tolle Story, wie ein Idiot; er findet den anderen Bon, ich habe meinen Faden wieder, es geht weiter, der Kassierer wühlt in der Tüte und findet den anderen Bon, den ersten, schaut darauf, rechnet nach und vergleicht die Preise: Das Hemd und die Fliege, sagt er, das stimmt nicht, ich verstehe das nicht.

Die Verkäuferinnen schauen ihn an. Nein, sie verstehen das nicht.

Er reagiert endlich und sagt zum Kassierer: Aber natürlich, ich bin ja blöd, das hatte ich vergessen, es tut mir schrecklich Leid, ich habe die rote Fliege gegen eine grüne umgetauscht und das beige gestreifte Hemd gegen ein weißes, das besser zum Anzug passt, fürs Konzert, zu dem Anzug hier, er zeigt auf den Anzug und das Hemd, dann auf die Fliege; finden Sie nicht? Aber ich wusste nicht, dass das weiße Hemd und die grüne Fliege teurer sind, das müssen Sie mir glauben, wie kommt es eigentlich, dass ein weißes Hemd teurer ist als ein gestreiftes? Und warum ist die grüne Fliege teurer als die rote? Können Sie mir das sagen?

Der Kassierer schaut die Verkäuferinnen viel sagend an. Man wird ihn wieder für einen Dieb halten, ihn des versuchten Diebstahls bezichtigen, er fühlt sich nicht gut, und für einen Augenblick hat er wieder die Geschichte im Supermarkt vor Augen, den Räucherlachs, die Schlägerei.

Er kommt zur Kasse mit seinem Einkaufswagen, den er vor sich herschiebt, mit den Vorräten für eine ganze Woche, er stellt sich an, wartet, bis er an der Reihe ist, und dann ist es so weit, es ist immer irgendwann so weit, er stellt die Waren auf das Band, und als er damit fertig ist, geht er nach vorne und nimmt dieselben Waren wieder in Empfang, obwohl es nicht mehr ganz genau dieselben sind, er wirft sie in den leeren Einkaufswagen, der sich schnell füllt, und will bezahlen.

Scheck, bar oder Kreditkarte, blau, grün, rot oder schwarz?, fragt ihn eine erschöpfte Kassiererin. Bar, sagt er, bezahlt, wendet dann mühsam den Einkaufswagen und will gehen.

Nach ein paar Schritten hält ihn ein Mann an und sagt: Der Räucherlachs. Was ist mit dem Räucherlachs?, sagt er. Sie haben ihn nicht bezahlt, sagt der Mann. Wieso habe ich ihn nicht bezahlt, fragt er, ist das ein Witz? Ich mache keine Witze, sagt der Mann, Sie haben ihn gestohlen. Sind Sie nicht ganz bei sich?, sagt er, in den zehn Jahren, die ich hier einkaufe, haben Sie an mir einen Haufen Geld verdient, denken Sie, ich würde so zum Spaß lange Finger machen wegen einer blöden

Scheibe Räucherlachs? Das soll vorkommen, sagt der Mann, folgen Sie mir, wir kontrollieren den Bon. Ach so, Sie wollen mir Ärger machen!, brüllt er, er brüllt furchtbar laut los: Na gut, ich will Ihnen einen Grund liefern!

Er entwischt dem Hausdetektiv, den das sagenhafte Gebrüll etwas überrascht hat, läuft hinter der Kassiererin vorbei, rempelt sie an, packt sie am Hals und schüttelt sie, dann rennt er auf die Regale zu und wirft alles um, was ihm unterkommt, Stapel von Keksdosen, Konservenbüchsen, Senfgläser, Weinflaschen, die auf dem Boden zerplatzen, überallhin fließt Wein wie schwarzes Blut, und er läuft immer weiter, sie verfolgen ihn zwischen den Regalen, er verwüstet immer noch alles, zu viert treiben sie ihn in die Enge, nachdem sie ziemlich lange miteinander Verstecken gespielt haben, die Leute schauen dumm aus der Wäsche, er wird überwältigt, die Polizei kommt und nimmt ihn mit; später wird er vor Gericht gestellt und verurteilt, ein Monat Gefängnis auf Bewährung, es war das erste Mal.

Er hatte den Räucherlachs nicht bezahlt, die Packung war in der Ecke des Einkaufswagens liegen geblieben; die Kassiererin hatte sie nicht gesehen, er auch nicht, der Hausdetektiv aber doch.

Also, sagt der Kassierer, was ist nun? Wissen Sie

jetzt, was Sie wollen? Es geht darum, sagt er, dass die rote Fliege und das beigefarbene Hemd nicht sehr gut zu diesem Anzug passen, er zeigt auf den zweiten Anzug. Also zahlen Sie die Differenz, sagt der Kassierer. Ich habe nicht genug, sagt er, ich habe nicht genug Geld eingesteckt. Geben Sie mir einen Scheck, sagt der Kassierer. Ich habe mein Scheckheft nicht dabei, sagt er, eben weil ich nicht zu viel ausgeben wollte, Sie wissen ja, wie das ist, man stellt Schecks aus, und dann ist es passiert. Entscheiden Sie sich, sagt der Kassierer. Ach, was soll's, sagt er, ich nehme das beigefarbene und die rote Fliege, das passt überhaupt nicht zum Anzug, aber was soll's, ich habe allmählich die Nase voll.

Er nimmt das weiße Hemd und die grüne Fliege und marschiert durchs Geschäft, legt das Hemd auf den Stapel zurück und nimmt das beigefarbene, wirft die Fliege in den Korb, fischt die rote heraus und kommt zurück: So, sagt er, alles erledigt.

Er bezahlt die Differenz von zweihundert Francs für den Anzug, dann verlässt er das Geschäft unter den Blicken der zwei Verkäuferinnen, die eine ist blond, groß und mager, und er begehrt sie nicht, die andere brünett, klein und mollig, und er begehrt sie nicht mehr, zumindest für den Augenblick.

Es sei denn, sagt er sich, während er die Passagen passiert, passable Passagen, die voller Musik sind, lockende Stimmen unter dem Licht, das durch das Glasdach fällt wie die Sonne in eine blaue Waldlichtung, es sei denn.

Es sei denn, sagt er sich noch einmal, ich gehe zurück zu der schönen Rothaarigen mit den grünen Augen und frage, ob sie mir die Schuhe hier gegen billigere umtauscht, dann kann ich mit der Differenz das weiße Hemd und die grüne Fliege kaufen, die sehr gut zu diesem Anzug passen – er holt den Anzug hervor –, der, glaube ich, genau richtig fürs Konzert ist.

Aber, aber, es muss wohl an der Müdigkeit liegen, die Idee scheint ihm abwegig, er lässt sie fallen, setzt dazu an, die Schuhe hervorzuziehen, um sich noch einmal davon zu überzeugen, dass sie ganz gut zum Anzug passen.

Auf der Stelle, noch ehe er dazu hat ansetzen können, sogar noch bevor er das wollte, wenn das möglich ist (bei ihm ist alles möglich), wird ihm bewusst, dass er sie nicht mehr hat.

Er wird blass, ihm zittern die Knie, er kriegt keine Luft mehr, verliert den Kopf, fängt sich wieder, überlegt, denkt nach, erinnert sich, er hat die Tüte irgendwo hingelegt, er sieht vor sich, wie er sie vorhin neben die

Kasse legte, dreht sich auf dem Absatz um und läuft zum Konfektionsgeschäft zurück.

Er läuft den ganzen Weg, stürzt ins Geschäft und auf die beiden Verkäuferinnen zu: Meine Schuhe!, schnauft er, ich habe meine Schuhe vergessen! Ich hatte sie bei der Kasse abgestellt!

Die beiden Verkäuferinnen gehen zur Kasse und schauen überall nach, oben, unten, Janine und Lucienne sehen sich an, keine Schuhe da, der Kassierer ist in seinen Papierkram vertieft und sieht nicht einmal hoch.

Plötzlich schnippt Lucienne mit den Fingern und reißt die Augen weit auf, so sieht sie bescheuert aus, aber er findet sie jetzt noch begehrenswerter, nicht mehr so unerreichbar, mit weit aufgerissenen Augen und fingerschnippend sagt sie: Sie haben sie bestimmt in der Umkleidekabine vergessen.

Ohne auf ihn zu warten, geht sie an den Kleiderstangen vorbei geradewegs in die Kabine, er folgt ihr, geht auch hinein, zieht den Vorhang vor und versucht, sie zu nehmen, sie lässt es sich gefallen.

Einige Augenblicke später kommt er bleich wie der Tod wieder heraus, macht sich davon, schaut verstohlen zum Kassierer hin, der hat nichts gesehen, dann verschwindet er mit seinen zwei Tüten aus dem Geschäft, in der großen ist der Anzug, in der kleinen sind die Schachtel mit den neuen Schuhen und die Überreste des Abenteuers.

In der großen Tüte sind außerdem ein beige gestreiftes Hemd mit eingewirkten roten Fäden und eine Fliege im gleichen Rotton, oder beinahe, es passt doch nicht zusammen, die Fäden im Hemd und die Fliege sind nicht genau im gleichen Rot, um die Wahrheit zu sagen, und zwei ähnliche Rottöne beißen sich mehr als zwei ganz verschiedene, das springt ins Auge, wenn man ehrlich ist, ganz zu schweigen vom Anzug und den Schuhen, aber was soll's, sagt er sich.

In diesem Augenblick kommt Lucienne aus der Kabine, Janine beobachtet sie und geht auf sie zu, sie will hören, was los war.

Er steuert auf den Ausgang des Einkaufszentrums zu.

Eine Reihe von Flügeltüren nimmt die ganze Front der Ladengalerie ein.

Die gleiche unübersichtliche Szene wiederholt sich in Zeitlupe und dauert an, geht weiter, wenn man so will, scheint abzulaufen wie ein Fluss, der in zwei Richtungen fließt, im wörtlichen und im übertragenen Sinne, seit ewigen Zeiten, wie ein breites Fließband, das die Mischung der Rassen und Arten beschleunigt, keiner weiß, wann es angelaufen ist und wann es stehen bleibt, außer, wenn es im Kopf stehen bleibt, defekt ist, man konzentriert sich auf das, was man auf dieser für immer erstarrten Erde darstellt, wenig genug.

Das gleiche kleine Versehen oder Missverständnis, in dem Sinne, dass ein Missverständnis etwas ist, was man falsch versteht, um sich gut zu verstehen, und dann gut, um sich schlecht zu verstehen, wiederholt sich gut tausend Mal pro Minute.

Der Erste, der hinausgeht, hält die Tür auf, der Zweite reagiert nicht darauf, sondern stößt den anderen Türflügel auf, der eigentlich nach innen aufgeht, der Dritte, der kommt, kann gerade noch ausweichen, erst der Vierte kriegt ihn ins Gesicht, weil der dem anderen Flügel ausweichen will, der zurückschwingt, was einem Fünften die Gelegenheit gibt, beim Eintreten den zweiten Flügel für einen Sechsten aufzuhalten, der hinauswill und nicht darauf reagiert und den zurückschwingenden Flügel ins Kreuz bekommt.

Dann muss er an den Besitzer der Crêpes-Bude draußen vor dem Einkaufszentrum denken, und an den

Kassierer in der Buchhandlung, dem ersten Geschäft in der Ladenpassage, sie sehen beide aus, als ob sie schon immer da gewesen wären, und dieser Gedanke bedrückt ihn oder macht ihn traurig, bedrückt ihn, der Anblick von einem, der noch bescheuerter oder unglücklicher ist als er, tröstet ihn nicht mehr, und das sind gleich zwei.

Ich bin allmählich alt genug, um meine Schlussfolgerungen zu ziehen, sagt er sich: Ich werde immer bescheuerter sein als mancher andere und der Unglücklichste von allen.

Das ist mal klar.

Ehe mit mir Schluss ist, ehe mit allem Schluss ist, hoffe ich, dass mein privates Unglück ein paar andere glücklich macht, schreibt er.

Er ist jetzt auf der Straße, bleibt stehen und schließt die Augen, er weiß nicht mehr, wo er seinen Wagen geparkt hat, er weiß es schon, aber plötzlich weiß er gar nichts mehr, was ist los?

Hätte er nach rechts geschaut, ohne sein Gedächtnis einzuschalten, ohne sich in die Angelegenheiten seines Gedächtnisses einzumischen, das sehr gut allein zurechtkommt und aufpasst, hätte er seinen Wagen gesehen, aber ehe er sich automatisch daran erinnert, dass er nach rechts schauen muss, ohne die Anstrengung des Sicherinnerns zu unternehmen, schaltet er sein Gedächtnis ein, und das lässt ihn im Stich, es liegt, sagt er sich, an der Verkäuferin Lucienne, und an der liegt ihm etwas, aber er irrt sich, wir werden sehen, dass Lucienne nichts mit dieser Gedächtnislücke zu tun hat.

Es nützt ihm nichts, dass er die Augen schließt, er sieht immer noch nichts, macht sie wieder auf, entdeckt endlich seinen Wagen und geht hin.

Ehe, nein, genau in dem Moment, als er einsteigen will, sieht er einen Strafzettel* an der Windschutzscheibe, hält in seiner Bewegung inne, weicht zurück, bewegt sich zurück mit seinem Körper, mit Hilfe seines Körpers, gibt seinem Körper den Befehl, sich zurückzubewegen, damit er sich mit ihm zurückbewegen kann: »Retour, Ben Hur«, sagt er.

Er schlägt die Autotür zu, geht vor, beugt sich über die Motorhaube, nimmt den Strafzettel ab und schaut ihn an, im Gegensatz zum Entomologisten oder -logen, der die Insekten zuerst aufspießt und dann anschaut.

* Frz. *Papillon*, »Schmetterling«, aber auch wie hier »Strafzettel«.

Es ist gar kein Strafzettel, er hat sich umsonst geärgert, so etwas sieht er zum ersten Mal und versteht gar nichts, was er auf der Durchschrift lesen kann, ähnelt sehr einem Inventar, das ihn in eine Art Verwirrung, Unbehagen oder Unruhe versetzt, kein Todesurteil, aber mit dem Leichenschauhaus hat es irgendetwas zu tun, als ob er schon tot wäre, als hätte man auf seine leblose Brust ein Foto von ihm geheftet, eine Vergrößerung des Passbildes mit einer langen Liste der besonderen Kennzeichen, und das sind nicht wenige, seine Seelenlandschaft ist riesig wie das Niemandsland am Rand der Städte in den fünfziger Jahren.

Zum einen die Liste der Gegenstände, die im Wagen sind, zum anderen wird dessen äußerer Zustand beschrieben, die Karosserie, es ist die Liste der Schrammen und Beulen.

So ist er bloßgestellt, nackt, unseren indiskreten Blicken ausgesetzt.

Wenn man sich derart beobachtet, ertappt fühlt, wenn man weiß, dass die erste falsche Bewegung verhängnisvoll ist, dann ist jede Bewegung falsch, das liegt an der Angst, zumindest besteht die Gefahr, man rührt sich nicht mehr, halten wir lieber still, lächeln Sie.

Er schaut hoch, sieht nach links und bemerkt ein

paar Meter weiter drei Polizisten, die in ein Gespräch vertieft sind.

Er geht auf sie zu, lächelt sie an und wendet sich an den ersten, der zufällig der sympathischste ist: Pardon, entschuldigen Sie, Herr Polizist, könnten Sie mir sagen, was der Zettel hier bedeutet?

Die übertriebene Höflichkeit überrascht den Polizisten nicht, verwirrt ihn auch nicht, er hat schon ganz anderes erlebt: Das ist wegen des Abschleppdienstes, sagt der Polizist.

Heißt das, der Zettel soll mich in Kenntnis setzen, dass Sie meinen Wagen abschleppen lassen?, sagt er. Sie nicht, sagt der Polizist, sondern den Abschleppwagen. Aber ich bin doch da, sagt er. Jetzt sind Sie da, aber vorhin waren Sie nicht da, sagt der Polizist. Vorhin nicht, sagt er, da war ich nicht da, aber jetzt bin ich da. Da haben Sie Glück, sagt der Polizist zu ihm, als er sich gerade fragte, was er da machte, in fünf Minuten wär's passiert gewesen, da kommt er schon.

Er dreht sich um, der Anblick des galgenförmigen Krans lässt ihm das Blut in den Adern gefrieren: Das werden Sie doch nicht tun, sagt er. Sicher nicht, sagt der erste Polizist, Sie sind ja da, aber Sie haben Glück, das müssen Sie zugeben.

Er gibt es zu und erzählt ihm fröhlich, dasselbe sei seinem Vater in einer Silvesternacht passiert, er sei bei seinem Bruder gewesen, der im Quartier Latin wohnt, das Jahr fing gut an, sagt er.

Als er um zwei Uhr morgens bei meinem Bruder wegging, hat mein Vater gemerkt, dass sein Wagen nicht mehr dastand oder verschwunden war, ich glaube sogar, es war schon drei Uhr, oder vier, sagt er, jedenfalls war es sehr spät, oder sehr früh, das kommt darauf an; wenn man aufsteht ..., aber sie wollten schlafen gehen, mein Vater und die anderen, und erst auf der Polizeiwache – er ist sofort mit meinem Bruder hingefahren, in dessen Auto, zum Glück hat er ein Auto, um den Diebstahl anzuzeigen –, erst dort hat er erfahren, dass der Wagen abgeschleppt worden war, eine Art Entführung oder Kidnapping mit Lösegeldforderung, nur dass die Entführer Polizisten sind, die von Söldnern unterstützt werden.

Der zweite und der dritte Polizist, die mit einem Ohr hinhören, finden den letzten Vergleich ziemlich komisch und grinsen.

Sie übertreiben, sagt der erste Polizist. Nur ein bisschen, sagt er. Aber immerhin, sagt der erste Polizist. Sicher, sagt er, aber wo man doch dafür bezahlen muss, nicht, gar nicht zu reden von dem seelischen Schaden, der Schreck, den man bekommt, ist etwas Körperliches, aber der Zweifel, die Unsicherheit, die Unruhe, die Sorge, die Angst, die Befürchtungen, die Panik in der Nacht, die Kälte, das ist seelisch und körperlich zugleich; Großmutter musste sich auf der Straße übergeben, sie hatte was getrunken, und dann die Austern, sie hat's mit der Leber, wir mussten sie nach Hause bringen, die arme alte Frau, es hat also doch was gekostet, und wenn man arm ist …

Wenn man arm ist, hat man kein Auto, sagt der zweite Polizist. Na hören Sie mal, sagt er, ohne ihn anzusehen, er hätte ihm eine runterhauen können, dem Idioten, er schaute noch immer den ersten Polizisten an, den sympathischeren: Es war nur ein kleiner Wagen für arme Leute, gebraucht gekauft, wenn ich daran denke, dass es zwei Jahre gedauert hat, bis er bezahlt war, und wie schwer uns das gefallen ist.

Jedenfalls haben Sie Glück, sagt der erste Polizist: Schauen Sie her, ich zerreiße den Zettel für den Abschleppdienst – er tut es –, ich gebe Ihnen nicht einmal einen Strafzettel für falsches Parken.

Danke, vielen Dank, Herr Polizist, sagt er, geht rückwärts, kommt ins Stolpern, fällt in den Rinnstein, steht wieder auf und lacht selbst über seine Dummheit, während die drei Polizisten zusehen.

Dann geht er zum Wagen zurück, schließt auf, steigt ein, setzt den Motor in Bewegung oder in Gang, lässt ihn warmlaufen, und während er zuschaut, wie sich unten am Ende der Straße eine Baumkrone im Wind bewegt, und den Gedanken genießt, dass er gerade rechtzeitig kommt, hebt sein Auto vom Boden ab.

Er springt raus, stößt die Schaulustigen beiseite, die bei der Aktion zusehen wie bei einer Hinrichtung auf der Place de Grève, der Wagen wird hochgezogen, er reißt die Tür auf, schwingt sich hinein, schlägt die Tür wieder zu, kurbelt das Fenster hinunter und schreit: Wenn Sie meinen Wagen abschleppen, müssen Sie mich mit abschleppen!

Sichtlich beeindruckt von der späten Begnadigung stoppt der Vollstrecker die Hydraulik, schaltet um, der Wagen kommt langsam wieder herunter, berührt den Boden und zieht die Räder unter die Kotflügel, wie eine Katze die Pfoten unter den Bauch zieht; der Vollstrecker kommt, verneigt sich, bittet um Verzeihung, löst die Ketten, die drei Polizisten treten auf die Straße, um den Verkehr anzuhalten, damit der Wagen ausscheren kann, er fährt los, die Menge applaudiert begeistert.

Es ist wohl eine nervöse Reaktion auf seine Heldentat, dass er über dem Lenkrad zusammensinkt und schluchzt: Auch mein Vater, sagt er laut in seiner schalldichten Kabine, auch mein Vater hätte sich gewehrt, wenn er es gekonnt hätte, wenn er eine Gelegenheit gehabt hätte, die Chance oder die Wahl, sich wehren zu können, aber er ist tot, er hat weder eine Gelegenheit noch die Chance oder die Wahl gehabt, sich zu wehren, man hat ihm keine Wahl, keine Chance gelassen, sich zu wehren, nicht einmal gegen den Tod, es gibt keine Möglichkeit, sich gegen den Tod zu wehren, und wenn es keine Möglichkeit gibt, sich gegen den Tod zu wehren, habe ich keinen Grund, mich gegen das Übrige zu wehren, ich sehe zumindest keinen.

Bleibt das Schreiben, die Musik, die Malerei, mit einem Wort: die Schönheit, *DIE SCHÖNHEIT*, aber was ist besser? Nach ihr zu suchen? Sie zu ignorieren? Sie zu kennen oder nicht zu kennen? Stirbt man in ihrer Nähe glücklicher? Weniger verzweifelt?

Er wirft die zwei Tüten auf den Rücksitz, manövriert den Wagen aus der Parklücke und knödelt wieder die ersten Takte des dritten Satzes: Tralalidadadi-lalilalilala la.

Der dunkelgraue Wagen fährt die düstere Häuserschlucht entlang, auf den einfachsten Nenner gebracht, die Nicht-Existenz eines Nummernschilds, eine Gesteinsprobe zwischen vielen anderen vor und hinter ihm, man sieht, wie er hält und darauf wartet, die heller erleuchtete Kreuzung überqueren zu können.

Zu Hause bringt er seine kostbaren Erwerbungen ins Schlafzimmer und breitet sie ordentlich auf dem Bett aus.

Er streicht die Jacke glatt, legt die Hose dazu, den Gürtel versteckt er unter der Jacke, dann die Schuhe unten vor die Hosenbeine, das beige gestreifte Hemd steckt er in die Jacke und die Fliege an den Hemdkragen.

Er betrachtet die Figur, die er konstruiert hat, wir wollen es eine Figur nennen, den Hampelmann, das Gespenst, das Phantom, das Skelett im Anzug: Ich sehe schon, sagt er, er sieht es, und was er sieht, gefällt ihm nicht, wie immer, dann fängt er mit sparsamen Handbewegungen zu dirigieren an, schlägt den Takt, trällert noch einmal den Anfang des ersten Satzes: Di da, dadidadadada, und geht aus dem Zimmer.

Er ruft die Auskunft an wegen der Nummer des Konzertsaals, bekommt sie nach langem Warten, das durch eine verregnete oder verschneite Passage der *Vier Jahreszeiten* verschönt wird, notiert sie und ruft an.

Ein Tonband bittet ihn um Geduld und spielt ihm eine neblige Passage der *Vier Jahreszeiten* vor, was ihn die ganze Zeit beunruhigt, sollte der Apparat nur die ersten beiden Zahlen der Nummer registriert und ihn noch einmal mit der Auskunft verbunden haben? Das ist die Frage. Nein, nicht die ersten beiden, die dritte und die vierte, die Eins und die Zwei.

Hallo?, sagt schließlich eine natürliche Stimme, soweit eine Telefonstimme natürlich sein kann, zumindest natürlicher als die andere auf dem Tonband.

Ist das der Konzertsaal?, sagt er. Nein, ganz verkehrt, sagt die Stimme, Sie sind falsch verbunden, hier ist das Narrenschiff, die modernste Klinik im Departement Val-de-Marne. Oh Gott, sagt er, nein, später, noch nicht, um Himmels willen, entschuldigen Sie. Bitte, bitte, sagt die Stimme.

Er legt auf und schaut auf den Zettel, überlegt, ruft noch einmal die Auskunft an, wieder Warten, noch eine Jahreszeit.

Während er wartet, denkt er, dass er die Nummer falsch aufgeschrieben hat, aber er täuscht sich, die Nummer stimmt, eine Männerstimme bestätigt es, er muss sich verwählt haben, wählt noch einmal, nein, er legt auf und wählt noch einmal.

Beim Wählen denkt er daran, was die Sachen gekostet haben, sagt sich, es wäre besser gewesen anzurufen, bevor er sich so in Unkosten gestürzt hätte, so geht es ihm immer, er hat sich immer falsche Vorstellungen von den Dingen gemacht, er nimmt Unwichtiges wichtig und misst wichtigen Dingen gar keine oder sehr geringe Bedeutung bei: Und wenn es nun ausverkauft ist?, sagt er sich, kommt mit den Zahlen durcheinander, legt auf und wählt neu.

Konzertsaal?, sagt er. Hallo, bin ich richtig? Ja, sagt die Dame, hier ist der Konzertsaal, was kann ich für Sie tun? Ich möchte gern eine Karte für Freitagabend, sagt er, also das, wo das Konzert auf dem Programm steht, das ist doch Freitagabend?

Telefonische Reservierung ist nicht möglich, sagt die Dame. Ach ja?, sagt er. Sie müssen vorbeikommen, sagt die Dame. Ich bin schon unterwegs, sagt er. Dazu ist es jetzt zu spät, sagt die Dame, kommen Sie morgen Früh. Ich komme so früh wie möglich, sagt er. Nicht vor zehn Uhr, sagt die Dame. Gut, in Ordnung, sagt er, um zehn Uhr bin ich da. Beunruhigt fragt er, ob es noch Karten gibt: Sagen Sie mir doch, sagt er, wo ich Sie jetzt erwischt habe, ich meine, wo ich gerade dabei bin, wo ich da bin, wo ich Sie hier an der Strippe habe, gibt es noch Karten? Für wann?, sagt die Dame. Mozart, sagt er. Ich will nicht wissen für wen, sondern für wann, sagt die Dame. Ach so, sagt er, Freitagabend. Fast keine mehr, sagt die Dame. Scheiße, sagt er. Wie bitte?, sagt die Dame. Nichts, sagt er. Aber wenn Sie morgen bei Kassenöffnung kommen, haben Sie noch Chancen, sagt die Dame, sehr gute Chancen sogar. Meinen Sie?, sagt er. Aber sicher, sagt die Dame. Na gut, wenn das so ist, sagt er.

Der Preis macht ihm Sorgen: Sagen Sie mir doch, sagt er, ehe ich Sie abhänge, ich meine, Sie in Ruhe lasse, oder nein. Sie nicht weiter störe, sind die Karten teuer, die es noch gibt? Die letzten sind die teuersten, sagt die Dame. Das wundert mich, sagt er, ich möchte annehmen, dass einige von den teuersten schon weg sind. Ja, sagt die Dame, aber gerade von den allerteuersten sind noch einige da. Gut, sagt er. Ich kann Ihnen nichts anderes sagen, sagt die Dame. Ist schon in Ordnung, sagt er. Jedenfalls ist das der Rest, sagt die Dame. Schon gut, sagt er, das heißt, das ist immerhin etwas, dann bis morgen, Madame, auf Wiedersehen, danke.

Er hat frei, er hat seine letzte Woche Urlaub genommen, wie jedes Jahr hat er eine Woche für den Notfall in Reserve gehalten, und er hat gut daran getan, so konnte er sie nehmen, um sich aufs Konzert vorzubereiten, als ob er selbst mitspielen müsste, aber er möchte in aller Ruhe daran denken können; seit er sich vorgenommen hat hinzugehen, denkt er an nichts anderes mehr, er wäre nicht in der Lage gewesen zu arbeiten.

Wie spät ist es?

Vier Uhr, noch sechs Stunden, bis es dunkel wird; er mag es nicht, wenn die Tage so lang sind, er hat es lieber, wenn es früh dunkel wird, um sechs oder sieben Uhr, nicht später; im Juni machen ihn nicht die kurzen Nächte müde, sondern die zu langen, endlosen Tage, die von Tag zu Tag länger werden, scheinbar nicht aufhören und extrem deprimierend sind.

Die ersten Stunden verbringt er mit dem Versuch, die Ereignisse des frühen Nachmittags schriftlich festzuhalten, was ihm immerhin halbwegs gelingt; abends schaut er sich dann einen Film an, keine Sorge, ich erzähle Ihnen nicht den Inhalt.

Der erste Teil ist interessant, nicht aufregend, aber interessant, oder doch aufregend, er schämt sich, dass er sich in eine banale Liebesgeschichte hineinsteigert:

Ach, die Liebe bleibt immer die Liebe, und das, worauf es ankommt, ist, wie man uns von der Liebe erzählt, sagt er sich.

Der zweite Teil ist leider dürftig, enttäuschend, langweilig wie üblich, keiner versteht es, einen Schluss zu finden, sagt er sich. Keiner versteht es, rechtzeitig aufzuhören, der Feind ist die Zeit, die Dauer, man hätte die Geschichte mittendrin kappen, ungeniert unterbrechen müssen, den Mut haben, die Erzählung am Höhepunkt, im spannendsten, dichtesten, packendsten Moment aufhören zu lassen, sagt er sich noch.

Keine Geschichte vermag der Zeit Widerstand zu leisten, man muss sie stoppen, stopp!, das muss man wagen, es ist egal, wenn sie nicht so endet, wie man es erwartet, ein Schluss ist ein Schluss, sagt er sich noch.

Wenn man mittendrin stoppt, endet man, ohne zu einem Ende zu kommen, ohne dass die Geschichte schwächer wird und verdirbt, und gleichzeitig befreit mich das im erhebendsten Augenblick, sagt er sich schließlich.

Er schaltet den Fernseher aus, ehe ihn die Werbung daran erinnert, dass das alles in der modrigen Pfütze der gemeinsten Hässlichkeit badet.

Er legt das Konzert auf, geht ins Bett und schläft dabei ein, summt innerlich mit, wechselt mit voller Absicht vom Orchester zur Klarinette, oder wenn sein Stimmumfang nicht reicht, bald ist es zu tief, tiefer als ein tiefes A, bald zu hoch, er wechselt um eine Oktave nach oben oder nach unten, variiert, singt mit, spaziert im Notensystem herum und schläft beim Adagio ein.

Das Allegro am Ende weckt ihn nicht auf, das schafft erst der alte Tonarm, der anschlägt – nein, das ist es nicht, ich habe eben nachgesehen, das Laufwerk klappert und weckt ihn, er steht auf, schaltet den Apparat aus, lässt die Platte auf dem Plattenteller liegen wie immer und macht den Deckel zu, dann legt er sich wieder hin und schläft erneut ein.

Um zehn Uhr am nächsten Morgen ist er in der Konzerthalle an der Kasse, sagt, er sei der Herr, der gestern Nachmittag angerufen habe, um eine Karte für das Konzert Freitagabend zu reservieren: Ich bin der Herr, der Sie gestern Nachmittag angerufen hat, um eine Karte für das Konzert nächsten Freitag zu reservieren, sagt er.

Telefonische Kartenbestellung ist nicht möglich, sagt die Dame. Ich weiß, sagt er, Sie haben es mir gestern Nachmittag gesagt. Das würde mich sehr wundern, sagt die Dame, gestern Nachmittag war ich nicht hier. Möglich, sagt er. Sicher, sagt die Dame. Ach ja?, sagt er. Wenn ich es Ihnen doch sage, sagt die Dame, ich weiß schließlich, was ich sage. Er denkt, dass sie da die Einzige ist, sagt aber nichts weiter.

Sehr schön, sagt er. Sie waren es also nicht. Es war meine Kollegin, sie kommt nachmittags, sagt die Dame, die morgens kommt. Sie haben die gleiche Stimme, sagt er, zumindest am Telefon. Möglich, sagt die Dame. Sicher, sagt er, ich hätte schwören können, dass Sie es waren. Da schau an, sagt die Dame, jedenfalls war ich es nicht, denn wissen Sie, ich bin nur morgens da. Er denkt, dass es nicht ohne Reiz ist, nur die halbe Zeit da zu sein, sagt aber nichts weiter.

Ich verstehe, sagt er, jedenfalls hat mir diese Dame gesagt, dass Sie keine telefonischen Kartenbestellungen annehmen. Das war auch richtig so, sagt die Dame, ich hätte Ihnen dasselbe gesagt, wenn Sie gestern Morgen angerufen hätten. Schon möglich, sagt er, aber da konnte ich nicht, oder ich habe es vergessen, ich wollte es machen, ehe ich einkaufen ging, habe es aber vergessen, deshalb habe ich Sie erst gestern Nachmittag angerufen, ich war so mit dem Anzug beschäftigt, wenn Sie wüssten, den ganzen Vormittag habe ich nur daran gedacht, und deswegen habe ich nicht daran gedacht, Sie anzurufen, ich habe Sie also erst gestern Nachmittag angerufen, als ich vom Einkaufen zurückkam. Das war ich nicht, sagt die Dame.

Ich weiß, sagt er, Sie hätte ich gestern Morgen anrufen müssen, natürlich hätte ich mich um die Karte kümmern sollen, bevor ich einen Anzug kaufe. Das allerdings, sagt die Dame, wenn Sie mich gestern Morgen angerufen hätten, hätte ich Ihnen gesagt: Holen Sie sich Ihre Karte, den Anzug können Sie später kaufen, man kann nie wissen. Nun ja, sagt er, passiert ist passiert, hoffentlich gibt es überhaupt noch Karten.

Für wann?, sagt die Dame. Freitagabend, sagt er. Ausverkauft, sagt die Dame. Sie täuschen sich bestimmt, sagt er, Ihre Kollegin hat mir gestern Nachmittag gesagt, wenn ich heute Morgen um zehn käme, hätte ich eine Chance, sehr gute Chancen sogar. Es ist Viertel nach elf, sagt die Dame. Wieso ist es Viertel nach elf?, sagt er.

Er schaut auf seine Uhr: Viertel nach zehn, dreht sich um, sieht einen Mann, der die Halle durchquert, stürzt auf ihn zu und fragt ihn nach der Uhrzeit: Elf Uhr dreizehn, sagt der Mann und schaut dabei auf die Straße, wo er schon sein könnte, wenn er nicht hätte stehen bleiben müssen, um diesem Spinner die Uhrzeit zu sagen.

Er läuft vor dem Mann aus der Halle, hastet den Bürgersteig entlang, fragt die erstbeste Frau nach der Uhrzeit; sie hat keine Uhr an, sagt sie ihm aber trotzdem, es ist immer das Gleiche mit den Frauen, alle geben sie das, was sie nicht haben: Elf Uhr zwanzig, sagt sie und deutet auf die Uhr an der Metrostation.

Er bedankt sich und, um ganz sicherzugehen, spricht er noch eine andere Frau an, die wie die Zeitansage reagiert: Es ist exakt elf Uhr sechzehn auf meiner Uhr, sagt sie, es ist eine Quarzuhr, sie geht sehr genau; dabei schaut sie erst ihn an, dann ihre Uhr: Jetzt ist es elf Uhr siebzehn, sagt sie. Schon?, sagt er.

Er geht zurück in die Halle und wendet sich wieder an die Dame an der Kasse: Es stimmt, sagt er. Ich habe es Ihnen doch gesagt, sagt die Dame. Ich weiß, sagt er, ich hätte es Ihnen glauben sollen.

Er überlegt und schlägt sich plötzlich an die Stirn in einer Art frontalem mea culpa: Aber natürlich!, sagt er, das ist es! Ich hab's! Ich weiß, was passiert ist, heute Nacht ist sie stehen geblieben, und heute Morgen habe ich mich um eine Stunde vertan, als ich sie gestellt habe, so was Blödes.

Ich verstehe, sagt die Dame, die überhaupt nichts versteht, denn sie sagt sich: Wenn er seine Uhr nach dem Radio oder dem Telefon gestellt hat, hatte er auf jeden Fall die genaue Zeit, wenn er aber die genaue Zeit gehabt hätte, hätte er öfter auf die Uhr geschaut, hätte schnell gemerkt, dass seine Uhr eine Stunde nachging, und wäre früher gekommen, außer, wenn er die Uhrzeit sehr schnell wieder vergessen hat, nachdem er seine Uhr gestellt und sich dabei um eine Stunde vertan hatte, sagt sie sich, so wird es sein, und sie will es ihm sagen, aber sie sieht ihn nicht mehr.

Er hält sich noch am Schalter fest, aber die Füße tragen ihn nicht mehr, er rutscht langsam nach unten, verschwindet, man sieht nur noch seine Hände, die sich festklammern.

Die Dame steht auf und beugt sich vor: Na, na, sagt sie, alles in Ordnung?

Er kommt langsam wieder hoch: Doch, doch, schon gut, sagt er, alles in Ordnung, nur ein leichtes Unwohlsein, es ist nichts. Sie haben mir einen Schrecken eingejagt, sagt die Dame.

Er entschuldigt sich, bittet um Verzeihung und sagt: Bitte, Madame, ich flehe Sie an, haben Sie Mitleid, tun Sie irgendetwas, mir reicht ein Klappsitz, ich bin sogar mit noch weniger zufrieden, mit einem reduzierten Platz, ich will nur das Konzert hören, im Stehen, wenn Sie wollen, ich bleibe ruhig ganz hinten in einer Ecke, einverstanden?

Ach, Monsieur, sagt die Dame, Sie wissen doch genau, dass das nicht geht. Ich weiß gar nichts, sagt er, denken Sie nur an die jungen Leute, sie hören zu Tausenden im Stehen Rockmusik. Wir veranstalten kein Rockkonzert, sagt die Dame. Das ist ein Fehler, sagt er. Ich kann nichts dafür, sagt die Dame. Ich weiß, sagt er, entschuldigen Sie, seien Sie mir nicht böse, aber Sie müssen verstehen.

Schon gut, sagt die Dame; dann hat sie doch Mitleid mit dem armen Kerl und sagt: Schauen Sie, im Moment ist es ausverkauft, aber wenn Sie am Freitagabend eine Viertelstunde, bevor es anfängt, hier sind, haben Sie vielleicht Glück und bekommen eine Karte, die wir zurückgenommen haben, die aus irgendeinem Grund im letzten Moment zurückgegeben wurde.

Können Sie das noch einmal wiederholen?, sagt er. Sie wiederholt es, das heißt, eigentlich ist es eine Variante: Meinen Sie?, sagt er. Aber sicher, sagt die Dame, das passiert jedes Mal.

Er reicht ihr die Hand, nimmt die ihre, küsst sie und

trällert die ersten Takte des dritten Satzes, als er fortgeht: Tralali dadadi lalilalilala, la.

Die Zeit vergeht, Tag für Tag, der Freitag kommt; man braucht nur zu warten, dann ist es irgendwann so weit.

Er beschließt, die Metro zu nehmen, um allen Parkproblemen aus dem Weg zu gehen; so muss er nicht eine Viertelstunde nach einem Parkplatz suchen, die schicksalhafte Viertelstunde, wodurch er sich sicher verspätet hätte – es sei denn, er wäre eine Viertelstunde früher losgefahren, aber wenn er dann eine halbe Stunde im Stau gestanden hätte, hätte er genauso gut die Metro nehmen können, oder gleich eine halbe Stunde früher losfahren, natürlich, oder eine Stunde? Und wenn ich eine Panne habe?, sagt er sich. Nein, er beschließt, die Metro zu nehmen, rechnet sich aus, wie lange er braucht, pro Station veranschlagt er drei Minuten und rechnet die Zeit fürs Umsteigen dazu.

Ihm gefällt der Gedanke, die Metro seiner Jugend wiederzufinden, das Licht und den Geruch der Elektrizität, die Korridore und die Zugluft, das Vergnügen, sich unter die Leute zu mischen, die da im Untergrund zu dem gemeinsamen Zweck beisammen sind, miteinander zu reisen, im selben Zug, auf den alle warten, aber unterwegs werden ihn einige verlassen, um umzusteigen, und der Gedanke macht ihn traurig.

Ich begreife nicht, wie ich mich trotz meiner Besorgnis, weil ich noch keine Karte fürs Konzert habe, bei dem simplen Gedanken freuen kann, die Metro zu nehmen, sagt er sich, da komme ich nicht mehr mit, auch wenn das eine das andere nicht ausschließt.

Er ist so lange nicht mehr Metro gefahren, fast zwanzig Jahre nicht mehr, dass er sich fragt, ob jetzt nicht alles vollautomatisch geht, ob man zum Beispiel noch an jeder Station Fahrscheine kaufen kann, und beim Gedanken an Fahrscheine fällt ihm seine Konzertkarte wieder ein.

In den Stationen werden noch Fahrscheine verkauft, er muss sich nicht mit dem Automaten auseinander setzen.

Er stellt sich am Schalter an, die Zeit vergeht, dann kommt er an die Reihe, tritt vor, spricht ins Hygiaphon, beugt sich vor und verlangt zwei Fahrscheine. er muss es noch einmal sagen, spricht lauter, auf Knopfdruck kommen nacheinander zwei Fahrscheine aus dem Schlitz, er fragt, was es kostet, der Mann am Schalter sagt es, er meint, er hätte es verstanden, aber er legt nicht genug Geld hin, er hat es nicht verstanden, oder nicht genau, der andere sagt es noch einmal, aber er versteht es nicht, es ist zu laut, er fragt nach, der andere deutet auf die Preistafel, die direkt vor ihm an der Scheibe klebt, er beugt sich vor, kann die Zahlen aber nicht lesen, die Schrift ist zu klein, er schiebt die Brille hoch – er ist kurzsichtig – und stößt beim Versuch, etwas zu entziffern, fast mit der Nase, die ihm plötzlich sehr groß vorkommt, an die Scheibe; die jungen Leute in der Schlange werden ungeduldig und machen sich über ihn lustig, ich glaube sogar, sie beschimpfen ihn.

So lange mir noch Luft zum Atmen bleibt, wie man so sagt, werde ich mich nie mit meinem Schicksal abfinden, schreibt er, er hat das Gefühl, das ist ein Zitat, aber von wem? Nachforschungen anzustellen wäre verlorene Zeit, wenn ich es so gesagt habe, dann, weil ich genauso denke wie er; dass er es vor mir gesagt hat, ist unwichtig, wichtig ist, dass er es gesagt hat, so wie ich, und ich so wie er, dass wir es gesagt haben, vorher oder nachher, was hat das für einen Sinn, da er tot ist und da ich sterben muss?

Er geht die Treppe hinunter, und nichts ist so, wie es war, er hat den Eindruck, dass die ganze Metro schrecklich alt geworden ist, obwohl man die alten Züge durch junge oder neue ersetzt hat, die roten und grünen durch blaue oder graue, das freundliche, verlockende Lächeln der alten Plakate durch wilde, brutale, gebleckte Zähne, geradezu obszön, ich finde kein anderes Wort dafür, die zarten, blassen Töne durch schreiende Farben, als ob man den Blick bis tief in den Schlaf, seinen Wunsch nach Schlaf hinein verfolgen müsste.

Gelbe Wagen haben die grünen oder roten ersetzt, alles ist ersetzt und alles ist schon schmutzig, in elendem Zustand.

Wie alt mir das alles vorkommt, sagt er sich, sogar die Leuchttafel, die mich früher kindlich begeisterte, die mich schon begeisterte, als ich ein Kind war, und auch später noch, als ich älter wurde, die Strecken, die aufleuchten, die Tastatur wie bei einer Reiseorgel, das Register der Stationen, die Reihen oder Kolonnen der Knöpfe, die man drückt, und gleich sagen mir die bunten Kugeln, dass ich hier bin und welchen Weg ich nehmen muss, um da und da hinzugelangen.

Nichts ist so, wie es war, die Leute sehen müde aus, die jungen, die er, der Ältere, betrachtet, wirken sehr müde, aber vielleicht sah auch er in den Augen der alten Leute müde aus, als er jung war, vielleicht zeigt ihm die Müdigkeit, die ihn jetzt irritiert, nur die Erschöpfung der alten Welt, oder besser, des alten Lebens, ja, bestimmt, wenn es nicht bloß an dem künstlichen Licht hier im Untergrund liegt, das wie ein Vorgeschmack des Grabes ist.

Endlich.

Genau eine Viertelstunde vor Beginn betritt er das Vestibül der Konzerthalle, er schaut sofort zu der Dame an der Abendkasse, schaut sie an und glaubt es nicht, er bleibt stehen, er kann nicht mehr.

Er erkennt die betreffende Dame nicht wieder, es ist nicht dieselbe, die ihm angeraten hat, eine Viertelstunde vor Konzertbeginn da zu sein, er fühlt sich von der Dame verraten, also von der anderen, sie hätte ihn darauf vorbereiten müssen, dass sie an diesem Abend nicht da sein würde.

Der Gedanke an ihre Worte, ihr Versprechen, das Gedankenband zwischen ihnen, die stillschweigende oder geheime Komplizenschaft, an der er sich in den letzten Tagen aufgerichtet hatte, zerplatzt wie eine Seifenblase, löst sich auf, verflüchtigt sich, entweicht, was ihn derart entsetzt, dass er daran denkt, kehrtzumachen.

Aber vielleicht hat die andere Dame dieser hier mein Kommen angekündigt, vielleicht hat sie ihr gesagt, dass ein nicht mehr ganz junger Herr in einem beigefarbenen Anzug, das heißt nein, das konnte sie nicht wissen, sie wusste das mit dem Anzug, aber nicht die Farbe, das habe ich ihr nicht gesagt, sagt er sich, aber egal, ich fahre in meiner Hypothese fort: in einem weißen Hemd, nein, es ist beige, übrigens hat es kurze Ärmel, aber unter der Jacke sieht man das nicht, und mit einer grünen Fliege, nein, einer roten – dass er eine Viertelstunde vor Konzertbeginn auftauchen würde, aber vielleicht auch nicht.

Er traut sich nicht, hinzugehen und sie zu fragen, ihr zu sagen: Die andere Dame hat Ihnen sicher Bescheid gegeben; ihr zu sagen, dass die andere Dame, die, die morgens da ist, ihm geraten hat, eine Viertelstunde vor Konzertbeginn nachzufragen, weil er dann eine Chance hätte, eine Karte zu bekommen, die aus irgendeinem Grund im letzten Moment zurückgegeben wurde, wegen Geburt, Tod, Heirat oder Scheidung eines Angehörigen, aber das sind Fälle höherer Gewalt, ihm wäre mit jeder Verhinderung gedient, das passiert jedes Mal, er hält sich abseits und wartet. Er sieht aus wie jemand, der auf jemanden wartet, der nicht hineingehen will, solange dieser Jemand nicht da ist, aber er ist nicht ungeduldig, er hat noch Zeit, er ist beunruhigt, aber das sieht man ihm nicht an, zumindest spürt er seine Unruhe nicht allzu sehr und nimmt an, man sähe sie ihm kaum an, aber keiner nimmt von ihm Notiz.

Das gibt ihm die Gelegenheit, die Leute zu beobachten, die zu zweit oder zu mehreren hereinkommen, keiner ist allein, nur er sieht so aus, als wartete er noch auf jemanden.

Er kann endlich feststellen, dass die Leute nicht so elegant gekleidet sind, wie er es in den letzten Tagen befürchtete, wenn er vor dem Spiegel seinen neuen Anzug anprobierte, der ihm immer noch nicht gefällt; stattdessen wirkt er overdressed, aber keiner nimmt von ihm Notiz.

Er hat den neuen Anzug wenigstens zehn, wenn nicht zwanzig Mal anprobiert, er war das Anprobieren dann so leid, dass er sich aus Überdruss dazu entschlossen hatte, ihn am Abend des Konzerts, also heute Abend, nicht anzuziehen.

Anfangs, die ersten Male, bemühte er sich, auf die Vorzüge des Anzugs zu achten und über die Fehler hinwegzusehen, aber er hatte sich so lange mit den Vorzügen beschäftigt, dass sie ihm zuletzt als Fehler erschienen, die zu den anderen Fehlern hinzukamen, welche ihrerseits nur natürlich und nicht zu wenden waren, wie die meisten Kleidungsstücke.

Also wie bei den meisten Menschen.

Nein, bei einem menschlichen Wesen voller Fehler, das nur Fehler hat, können die Fehler insgesamt sympathisch sein, aber bei einem Anzug ist es anders, oder ein Anzug, der nur Fehler hat, uns aber insgesamt gegeben, vielmehr verkauft wird als fehlerlos, sein einziger, kapitaler Fehler ist, dass er untragbar oder abscheulich ist, also genau das Richtige für mich, denn ich will mich dazu zwingen, meine Scham zu überwinden, sagte er sich.

Aus Überdruss hatte er den alten Anzug aus dem Schrank geholt, den er sich für die Hochzeit seiner Nichte hatte machen lassen, einen Anzug mit Weste, mit weiten Hosenbeinen, Rock und Weste tailliert, die Nichte ist seit zwanzig Jahren verheiratet, können Sie sich das vorstellen, seit fünf Jahren ist sie geschieden, wie die Zeit vergeht, die Jahre, jetzt geht es so schnell, ab einem gewissen Alter.

Einmal abgesehen von der Evolution meines Denkens, von dem ich annehme, dass es evolutionär ist, dass es in all der Zeit etwas evolviert hat, zumindest hoffe ich das, sagte er sich, als er den Anzug von der Nichte betrachtete, erinnert mich die Kleidermode dieser Zeit schmerzlich an meine Jugend und daran, wie bescheuert ich damals war; das kommt nicht in Frage.

Also hat er sich entschlossen, den Anzug von seiner Nichte nicht anzuziehen, von der Hochzeit seiner Nichte, die passé ist, den maßgeschneiderten Anzug für die Hochzeit oder aus Anlass der Hochzeit seiner Nichte, das hat sich wirklich gelohnt, die Tochter seines Bruders, der zwanzig Jahre älter war als er, gefallen auf dem Felde der Ehre, in welchem Krieg noch mal? Ich weiß nicht, was ich erzählen soll, um mich interessant zu machen, wie so eine Rotznase; und er hat sich für den neuen Anzug entschieden: Wenn man bedenkt, was ich dafür bezahlt habe, muss ich ihn einfach anziehen, sagt er sich laut; er ist inzwischen allein im Vestibül.

Der Strom der Leute, die an ihm vorbei hineingehen, reißt ab, so wie ein Platzregen plötzlich aufhört, ein Wolkenbruch, an den man sich schon gewöhnt hat, der mit einem Mal aufhört und einen desorientiert zurücklässt, wenn es aufklart, man schaut nach oben und sagt sich: Schließlich gehört der Himmel allen, seine Schönheit ist für jeden da, der bereit ist, seine Augen zu erheben; oder wenn sich der Wind legt, wenn das Meer plötzlich ruhig und glatt wird, und wenn dann noch die Wanderer am Strand stehen bleiben, wirkt sogar das

Licht, wie es um Ostern herum zu sein pflegt, sehr beunruhigend.

Im verlassenen Vestibül erscheint ein Paar.

Sie sind beide schön, ich kann ihre Schönheit nur so beschreiben, dass sie vom Blick der anderen unabhängig scheint, obwohl im Augenblick niemand da ist, der die beiden betrachten könnte, bis auf ihn, und bis auf mich, der sie alle drei betrachtet, und dann natürlich der andere, der uns alle betrachtet; das ist immerhin Publikum, ein tolles Publikum sogar.

Der Mann ist groß und traurig, auf eine nachlässige Art oder mit sehr eleganter Lässigkeit gekleidet.

Er schaut den Mann an und sagt sich, er hätte sich besser gar nicht umziehen sollen, er hätte so bleiben sollen wie sonst auch, aber was soll's, sagt er sich.

Die Frau ist kleiner, aber auch sie ist sehr groß für eine Frau, ihr Gang ist sehr aufrecht, zumindest äußerlich, das Charakterliche kommt später oder auch nicht, das hängt von mir ab, ob ich den Mut dazu habe, sie hält sich sehr gerade wie eine Tänzerin, streckt der Leere, dem nackten Raum, ein angespanntes, markantes Gesicht entgegen; sie bewegt sich sicher vorwärts, und ihr weißer Stock stößt im Takt auf den Marmorboden.

Sorgen wir sofort für Klarheit, sie steht weder für

das Schicksal der Menschen noch für das Gewissen der Welt, ich sage das deshalb, weil die Gestalt des Blinden immer falsch gedeutet, überfrachtet, übertrieben metaphorisch verstanden wird, man denke nur an die Sache mit dem Orakel; man dramatisiert das Ganze, macht eine Geschichte daraus, man kann nicht anders, dabei ist es nur eine bedauernswerte Frau, und es wird sich später herausstellen, dass ihr Leben nicht einmal wert ist, erzählt zu werden.

Sie betreten das Foyer.

Als er seiner Überraschung oder Bestürzung Herr geworden ist, denkt er an die beiden, an sie, erinnert sich an die beiden, an sie, aber der zähe Fluss der Menge – er ist genauso zäh wie meine Erzählung – setzt sich fort.

Gleich darauf kommt der Mann wieder aus dem Foyer.

Er stürzt auf ihn zu und fragt ihn ungeniert, ob er wieder geht: Ja, genau, sagt der Mann, dann fragt er ihn, ermutigt durch diese spontane Höflichkeit, ob er noch einmal zurückkommt; der Mann taxiert ihn mit einem Blick, der ihn ganz durchschaut: Nein, sagt er, ich komme nicht mehr zurück, warum fragen Sie?

Ja, sagt er, ich frage, weil ich mir gesagt habe, als ich

Sie weggehen sah, dass Sie vielleicht eine Karte haben, denn ich habe keine, ich habe keine mehr bekommen, es war ausverkauft, daraufhin habe ich mir gesagt, wenn Sie eine Karte hätten, könnten Sie, natürlich nur, wenn Sie weggehen, mir Ihre überlassen, denn sehen Sie, ich habe, wie ich Ihnen gerade sagte, keine bekommen, aus Gründen, die Ihnen zu erklären zu umständlich wäre, aber das bedeutet, dass ich immer noch keine Karte habe, ich meine, wirklich nicht, wenn Sie mir also Ihre überlassen könnten.

Bedaure, sagt der Mann, ich habe keine gekauft, ich habe nur meine Frau herbegleitet und gehe jetzt wieder, ich wollte gehen, ich bin im Begriff zu gehen, wenn Sie gestatten. Und nach dem Konzert kommen Sie sie wieder abholen, nicht wahr? Vielleicht, sagt der Mann. Wieso vielleicht?, fragt er den Mann. Der Mann nickt ihm kurz zu und geht in Richtung Ausgang.

Er holt ihn ein und spricht ihn noch einmal an: Sie bleiben nicht einmal, um das Konzert zu hören?, sagt er und merkt sofort, dass das blöd ist, was er sagt, weil der Mann keine Karte hat, genauso wenig wie er, aber er will das Konzert hören und versucht ganz offensichtlich, den Mann zurückzuhalten, nicht, um es mit ihm zusammen zu hören, sondern weil er etwas Schlimmes ahnt, und zugleich fragt er sich: Wie kommt man als Mann zu einer blinden Frau?

Ich mag Mozart nicht, sagt der Mann, und er fragt sich gleich: Wie kommt man dazu, Mozart nicht zu mögen? Wer mag Mozart nicht? Wie kann man Mozart nicht mögen? Wer ist man, wenn man Mozart nicht mag? Für wen hält man sich eigentlich, dass man sich erlaubt, Mozart nicht zu mögen?

Mahler auch nicht?, fragt er den Mann, nach dem Konzert von Mozart wird eine Mahler-Symphonie gespielt. Mahler schon, sagt der Mann, der Ehemann der Blinden, aber wenn ich eine halbe Stunde lang Mozart ertragen muss, um Mahler hören zu können, verzichte ich lieber auf Mahler, Sie etwa nicht?

Mir wird bewusst, ihm wird bewusst, machen Sie sich bewusst, dass der Name *Mahler** wie ein großes, unendliches, endloses *Malheur* klingt, wie jedes unendliche Malheur, man darf nicht vergessen, dass die Unendlichkeit per definitionem nicht messbar ist.

Sie etwa nicht?, sagt der Mann der Blinden. Ach, ich bin nur wegen des Konzerts hier, sagt er zu dem Mann, ich will nach Mozart nichts anderes mehr hören, ich ver-

* Frz. *Mah-lär* ausgesprochen.

stehe nicht einmal, dass man nach Mozart noch etwas anderes hören kann, oder überhaupt nach jedem Komponisten, ich verstehe nicht einmal, dass man an einem Abend Werke verschiedener Musiker spielt, nein.

Ich auch nicht, sagt der Mann.

Ich verstehe nicht einmal, dass man an einem Abend verschiedene Werke desselben Komponisten spielt.

Ich auch nicht, sagt der Mann.

Ich verstehe überhaupt nicht besonders viel, sagt er zu dem Mann.

Meine Frau auch nicht, sagt der Mann, der Ehemann der Blinden. Was meinen Sie damit?, sagt er zum Ehemann der Blinden. Meine Frau genauso, sagt der Ehemann. Was meinen Sie damit?, sagt er noch einmal zum Ehemann der Blinden.

Meine Frau ist auch nur wegen des Konzerts da, meine Frau will nach Mozart auch nichts anderes mehr hören, sagt der Mann, der Ehemann der Blinden, der blinden Frau, deswegen komme ich wieder, um sie nachher gleich abzuholen, nach dem Konzert, wenn ich wiederkomme.

Was meinen Sie damit?, sagt er noch einmal zu dem Mann. Um ehrlich zu sein, ich sage es Ihnen, Ihnen kann ich es ruhig sagen, ich komme nicht wieder, sagt der Ehemann. Was meinen Sie damit?, sagt er ein letztes Mal zu dem Mann. Ich verlasse sie, sagt der Ehemann.

So mir nichts, dir nichts? Jetzt?, sagt er zum Ehemann und fragt sich gleichzeitig, statt es den Ehemann zu fragen: Wie stellt man es an, eine blinde Frau zu verlassen? Und obwohl er weiß, dass es nur einen möglichen Weg gibt, findet er sich wider Erwarten nicht mehr zurecht, er gibt sich zur Antwort: Weil sie blind ist, als ob das Wie ein Warum wäre, in Wirklichkeit begreift er das Warum, weil er das Wie nicht begreifen kann, bemüht sich, es zu begreifen, so ist es oft, man denke nur an den Quatsch mit dem Zweck und den Mitteln und andersherum, genau das ist der Punkt, das Andersherum.

Die beiden Männer schauen sich an. Der eine, der Ehemann, schätzt die Wirkung seiner Worte auf den anderen ab, er wartet darauf, dass sie sich verfestigen wie Zement im Bewusstsein eines naiven Menschen, und als er sieht, dass das Unglück passiert ist, spricht er weiter:

Aber wenn ich es mir genau überlege, sagt der Ehemann der Blinden, wenn Sie auch nach Mozart weggehen, könnten Sie vielleicht meine Frau nach Hause bringen?

Warum nicht?, sagt er zum Ehemann, aber Panik erfasst ihn, er fühlt sich nicht gut: Zuerst kümmere ich mich um meine Karte, und wenn ich unglücklicherweise keine bekomme, warte ich hier auf Ihre Frau. Sie bleibt auf ihrem Platz sitzen, sagt der Ehemann, damit Sie Bescheid wissen. Sie müssen sie abholen. Sie können sich auf mich verlassen, sagt er zum Ehemann, der ohne ein weiteres Wort, weder Danke noch Scheiße, weggeht, er flieht, verlässt das Vestibül und mischt sich unter die Passanten, entschwindet meinem Denken.

Ich, er, unser Held, stürzt zur Abendkasse, wo die unbekannte Dame sitzt, es ist auch höchste Zeit.

Er verheddert sich in den üblichen Floskeln: Ich möchte fragen, ob ich, wie mir die andere Dame, Ihre Kollegin, die vormittags da ist, zu verstehen gegeben hat, von einer Absage profitieren könnte, ich meine, ob ich die Karte von jemandem bekommen könnte, der seine im letzten Moment zurückgegeben hat, was jedes Mal passiert, nach dem, was mir die andere Dame, Ihre Kollegin von vormittags, gesagt hat.

Sie haben Glück, sagt die Dame, ich habe noch zwei Karten. Wirklich?, sagt er. Ja, ja, sagt die Dame. Welche wollen Sie?, fügt sie hinzu und zeigt ihm die Plätze auf dem Plan, der wie eine Luftaufnahme aussieht, ein Wald von blauen Kästchen, die alle mit einem Kreuz markiert sind.

Zwei sind angestrichen, ziemlich weit auseinander, nur einer ist interessant, genau in der Mitte der Reihe, ziemlich weit vorn, aber teuer, er fragt, was die Karte kostet, und die Dame sagt es ihm.

Ich habe nicht genug bei mir, sagt er, aber ich kann Ihnen einen Scheck geben, wenn es Ihnen recht ist, was soll's, dann muss ich halt an etwas anderem sparen, wie viel genau haben Sie gesagt? Außerdem ist er nicht gedeckt, aber das ist egal, morgen kriege ich Geld, oder morgen nicht, was hab ich mit morgen, morgen ist Samstag, aber desto besser, dann wird mir der Scheck erst nächste Woche belastet, kann ich ihn ausstellen?

Aber sicher, sagt die Dame, beeilen Sie sich.

Er füllt den Scheck in Schönschrift aus, so wie er seit dem graphologischen Test vor sechsundzwanzig Jahren in der Armee nicht mehr geschrieben hat, dreiundsechzig, als sein Jahrgang eingezogen wurde, sechsundzwanzig Jahre ist das schon her: Ich kann nicht glauben, dass das schon so lange ist, sagt er sich und hält inne: Wie konnte ich so viel Zeit verstreichen lassen, ohne dass es mir bewusst wurde?

Die Dame schaut ihn an, sie wartet, seine Panik kehrt zurück, er fühlt sich nicht gut.

In den fünfziger Jahren dachte er mit Schrecken an die achtziger, er glaubte nicht daran, es war nicht vorstellbar, er konnte es sich nicht vorstellen, vor allem dachte er, dass er nicht so lange leben würde, und jetzt ist es so weit, wir sind so weit, sagt er sich, während er das Datum einsetzt und unterschreibt.

Er gibt den Scheck, nachdem er ihn mindestens dreimal durchgelesen hat, gibt ihn der Dame verkehrt herum; sie dreht ihn um, sie möchte sehen, wie die Unterschrift so herum aussieht, verkehrt herum hat sie ihr schon großen Eindruck gemacht, er sagt: Das wär's, danke schön, dann geht er in Richtung Foyer und trällert dabei die ersten Takte des zweiten Satzes: Daa dii, dididada, daaa dii, didididada.

Er betritt das Foyer, ein Mann nimmt die Karte, reißt den Kontrollabschnitt ab, nur den Abschnitt, er hat schon einen Schrecken bekommen, dann ist er endlich im Konzertsaal, er geht hinter der Platzanweiserin her, die hübsche Beine hat, aber er schaut nicht hin, so aufgeregt ist er, oder er schaut automatisch hin, ohne sie wahrzunehmen, nimmt sie wahr, aber ohne hinzuschauen, so aufgeregt ist er.

Er geht hinter ihr den Gang hinunter und hält sich gerade, er weiß, dass er normal leicht gebeugt geht, aber jetzt hält er sich kerzengerade in seinem neuen Anzug, seinem weißen Hemd und seiner grünen Fliege, ich weiß schon, was ich sage, er ist während der Wochen noch einmal in das Geschäft gegangen, um die rote Fliege und das beigefarbene Hemd gegen das weiße und die grüne Fliege umzutauschen, den Aufpreis hat er bezahlt, er hat Janine wiedergesehen, Lucienne war zum Essen.

Er kommt als Letzter, wird knallrot, alle schauen ihn an, die Leute, die sich gerade nicht unterhalten, mustern ihn, die Paare unterbrechen ihr Gespräch, um ihn anzustarren: Was ist mit mir?, sagt er sich, was haben die? Er würde sie gern beschimpfen, lässt es aber sein.

Die Platzanweiserin geht vor bis in die Mitte und bleibt neben einer Reihe stehen, dreht sich um, reißt die Karte ein und gibt sie ihm mit der einen Hand zurück, mit der anderen zeigt sie auf einen freien Platz mitten in der Reihe, er schaut sie an.

In dieser Position oder Haltung gleicht sie einem Polizisten, der den Verkehr regelt, oder dem Mann, der auf dem Flughafen die Flugzeuge in die Parkposition lotst, oder auch dem, der auf der Brücke eines Flugzeugträgers mit Signalflaggen den Landeanflug dirigiert, Da Ponte*, das passt, da kenne ich mich aus, obwohl mir ein poetischerer Vergleich lieber gewesen wäre, zum Beispiel mit dem Dirigenten, der mit einer einzigen Handbewegung die Streicher zum Schweigen bringt und die Holzbläser weckt.

Er möchte der Platzanweiserin ein Trinkgeld geben, sagt sich, dass das sicher nicht mehr üblich ist, und gibt ihr nichts, die Platzanweiserin wartet einen Moment, dann geht sie.

Er nötigt den Ersten zum Aufstehen und drängt sich in die Reihe, der Zweite steht auf, dann der Dritte, der Vierte macht sich auf seinem Sitz klein: Pardon, Pardon, danke, Pardon, entschuldigen Sie, oh, Pardon, tut mir Leid, sagt er.

Er braucht lange, es kommt ihm endlos vor, wie im Gang in einem überfüllten Zug, wo überall Leute stehen, und der Körpergeruch der einen, das Parfüm der anderen, ihr Atem, die empörte Miene einer Frau, der man zu nahe kommt, das einladende Lächeln der nächsten, ihr Dekolleté, der marmorweiße Busen, mit Adern, die so blau sind wie die Nebenflüsse auf einer stummen

* Wortspiel mit *pont* (Brücke) und *appontage* (Landeanflug).

Karte, übrigens sagt man stumm wie eine Karte, dann zieht der dicke Mann seinen Bauch ein, und das Ganze endet auf einem leeren Platz neben einer blinden Frau.

Er erkennt sie wieder, schaut sie an, er bleibt stehen und schaut ihr ins Gesicht, die Blässe ihrer angespannten Züge beeindruckt ihn, die blauen Augen unter der Stirnwunde, die aussehen wie aus Glas, die nackten Schultern, das enge Oberteil ihres Kleides bändigt eine üppige Brust, sie hat die Beine übereinander geschlagen und den weißen Stock neben sich.

Schauen Sie mich nicht so an, sagt sie, setzen Sie sich.

Er setzt sich hin und spricht sie sofort an, wie man ein Kompliment erwidert, das fängt gut an mit ihnen, aber manchmal ist es besser, wenn es schlecht anfängt, dann besteht die Chance, dass es gut endet; wenn es gut anfängt, geht es immer schlecht aus.

Hat Ihr Mann keine Karte?, sagt er. Nein, sagt sie, aber was geht das Sie an?

Er holt überflüssigerweise tief Luft, was er sagen möchte, ist völlig überflüssig für sie, aber durchaus nützlich für ihn, weil er weiß, dass er sehr weit ausholen muss: Ich habe also die Karte von jemandem gekauft, der im letzten Moment aus irgendeinem Grund nicht kommen konnte, wenn Sie verstehen, was ich sagen will, wenn er aber nicht verhindert gewesen wäre, hätte er die Karte von Ihrem Mann gehabt, wenn Ihr Mann eine Karte gekauft hätte, aber da Ihr Mann keine Karte gekauft hat, hat sie ein anderer gekauft, und da dieser andere im letzten Moment aus irgendeinem Grund verhindert war, habe ich den Platz neben Ihnen, sagt er.

Wenn Sie so wollen, sagt sie.

Und jetzt Ruhe.

3.

Allegro.

Abenddämmerung. Nach einer langen Reise, einem langen arbeitsreichen Leben, erschöpft nach immerhin dreißig mühevollen Jahren, dringt WAM in den blauen Wald ein und tritt vor seine Richter, die hohen Bäume, die ihn mit liebenswürdiger Festigkeit und höflicher Zurückhaltung empfangen, mit einer gewissen kühlen Strenge. Sie befragen ihn über sein Werk: Hast du alles vollbracht, was du konntest? Und was du solltest? Bist du sicher? Er kann nicht antworten, er will etwas sagen, viel sogar, aber er weiß nicht, wo er anfangen soll. Die Richter wiederholen alles noch einmal, als ob WAM sie nicht verstanden hätte. Er antwortet, nachdem die Richter zum zweiten Mal gefragt haben, diesmal genauer, so als hätte WAM noch immer nicht verstanden. Er beginnt zu sprechen, es scheint, dass er wiederholt, was die Richter gesagt haben, dann nuanciert er es und bringt neue Argumente, Variationen, die seine Aussagen bekräftigen. Er versucht, deutlicher zu werden, ich kann nicht verstehen, was er sagt, aber es kommt mir so vor, ich höre, wie er sich ereifert, erläutert und erklärt, was er gemacht hat, und es rechtfertigt. Ich wollte, ich könnte die Musik übersetzen, aber das ist unmöglich, ich schaffe es nicht, sie in Worte zu fassen, sie ist zu schnell, ich will schon aufgeben. Trotzdem versuche ich es noch einmal, es geht nicht, es gelingt mir nicht, vielleicht kann man Worte in Musik setzen, aber das Umgekehrte ist für mich nicht möglich, die Musik verträgt die Worte nicht, sie spuckt sie wieder aus. Ich höre zu, und es kommt mir vor wie ein Dialog, natürlich meine ich etwas anderes, ein Streitgespräch, eine Auseinandersetzung, einen Kampf, meist überschwänglich, einen manchmal unentschiedenen, immer atemlosen Konflikt, aber ich vermag das nicht zu übersetzen, es ist nur ein Gefühl. Die Musik provoziert, oder besser: evoziert Gefühle, aber es sind nur Schatten, verlorene Seelen in der Tiefe des Gedächtnisses, Akzente, Nuancen, Stimmen, aber Stimmen, die sprechen, ohne etwas zu sagen, bei denen ich meine Pläne, meinen Mut, den Willen, die Resignation, die Siege und selbstverständlich auch die Niederlagen assoziiere, Leidenschaften, Freuden, Schmerzen, Schreie, warum nicht? Alles, was ich empfunden habe, ohne es jemals übersetzen zu können, die Musik ist zu vage oder zu präzis, ich glaube, zu präzis, es ist so, als wollte man eine mathematische Gleichung in Worte fassen, was gleichwohl der Fall ist, aber ja doch, es gibt keine Gleichung ohne Worte, so ist es, eine Gleichung ist nichts anderes, sie ist sogar die Quintessenz des Fiktiven, wie alles, was man von der Wahrheit zum Ausdruck bringt, man sagt die Wahrheit, wenn man von etwas anderem spricht, und ein bisschen auch, wenn man schweigt. Die Musik spricht, wenn sie verstummt, und ich schreibe, dass ich keine Möglichkeit sehe, zu übersetzen, was sie sagt, und sie sagt, sie drückt mein Gefühl aus, die Summe, die Gesamtheit meiner Gefühle, sie umfasst und begreift in sich alles, was ich empfinde, als Stummsein, Blindheit, Unvermögen. Verwirrend ist, dass sich die Richter anscheinend von WAM überzeugen lassen, sie stimmen ihm zu, begleiten ihn, nehmen seine Worte auf, um sie auszuschmücken, sie mit wundervoller Liebenswürdigkeit zu verzieren, sie lassen mich auf ein glückliches Ende hoffen, und plötzlich dann, rums, sie widersprechen sich brutal, machen eine Kehrtwendung, eine Modulation, und alles geht wieder von vorne los. Aber WAM macht es genauso, auch er gefällt sich darin, das, was die Richter sagen, zu wiederholen oder mit raffinierter Artigkeit verziert wieder aufzunehmen, er hat seinen Spaß daran, ihre Worte weiterzuspinnen, und dann rebelliert er plötzlich, sträubt sich, schmettert mit voller Kraft wütende, schrille Töne oder kommt zum Schluss mit einem Triller, dessen Kühnheit an Heldenmut grenzt und der mir ganz nach enttäuschter Arroganz klingt, übrigens haben die Richter das letzte Wort wie gewöhnlich, sie verurteilen ihn, vielleicht zum Tode, vermutlich sogar, aber wer wird schon freigesprochen?

Adagio.

Nacht. WAM legt sich auf der Lichtung ins Gras und betrachtet den Mond, er denkt über sein Leben, die Anstrengungen seines ganzen Lebens nach, über den ständigen Kampf mit der Schönheit, die in diesem Satz als die unbarmherzige Verkörperung der Verachtung erscheint. Ich fürchte, es gibt keine Hoffnung mehr. Wenn ich es Ihnen vorsingen könnte, wenn ich doch nur singen könnte, wie einfach wäre das alles, wenn ich nachsingen könnte, was ich höre, aber genau wie WAM versuche ich hartnäckig, das Unmögliche zu übersetzen, offensichtlich kann sich die Intelligenz, die ich erahne, nur für das Unmögliche interessieren, ich ahne nichts, ich meine eine Andeutung von Scharfsinn, von Klarheit, die den Tee heller macht wie ein Milchwölkchen. Im Übrigen scheinen die Richter jetzt in besserer Stimmung zu sein, ihre Stimmung spielt nicht einmal mehr eine Rolle, sie beschränken sich darauf, WAM bei seiner Träumerei zu begleiten. Bei ihnen gibt es mitten im Satz sogar eine Art Unentschlossenheit, ich habe den Eindruck, die Hälfte von ihnen ist zum Essen gegangen, zu einem späteren Abendessen, weil es Nacht ist, so wie es nach dem Konzert die Besucher im Dinnerjacket und im Abendkleid vorhaben; das ist nicht der Fall, aber es kommt einem so vor, und das Tempo wird so langsam, dass WAM alle erdenkliche Mühe hat, die, die noch übrig sind, ruhig im Gleichgewicht zu halten, damit nicht die ganze Elegie in den Trichter stürzt, wo das schwarze Wasser des Abgrunds wirbelt. Es ist sehr schwierig, langsam zu spielen, es gelingt nur den Besten, und die auf dem Podium sind wirklich gut, das können Sie mir glauben, man muss verdammt von sich überzeugt sein, um das Adagio so langsam zu spielen.

Rondo allegro.

Ein neuer Morgen dämmert, die Sonne geht auf,

ihre Strahlen tropfen auf die Lichtung, es sieht so aus, als käme alles hin, nehmen wir einmal an, es käme alles hin, alles kommt irgendwie hin, gut oder schlecht, wie eine alte Dame zu sagen pflegte, die ich sehr gern hatte, aber so sehr nun auch wieder nicht. WAM schüttelt sich, sein Wolfsfell, sein Adlergefieder, nein, er fängt wieder an, herumzuhüpfen wie ein Vogel, anmutig, schwerelos, die Richter folgen ihm, imitieren ihn, wie sie können, geben nach, gravitätisch. Allmählich verstehe ich, dass es keine Richter sind, nur WAM hat sie zu Richtern über sein Leben und sein Werk gemacht, er hat in ihnen seine Komplexität, seine Resignation, seine Hoffnung, seine Zweifel abgebildet, sie weinen, wenn er weint, lachen, wenn er lacht, brummen, wenn er brummt, und *tutti quanti.* Ich bewundere zutiefst seine Art, mit weit ausholender Bewegung die pathetische Seite im Buch aufzuschlagen, er lässt uns mit bitteren Tränen auf kleiner Flamme schmoren, dann blättert er schnell um und zeigt uns den stark oxydierten Raum aus Eisen, wo sein Hochmut tänzelt wie ein Vollblut, und das macht die Romantiker zu Larven. Aber das ist nicht das Problem, schauen wir lieber, wie sich die schwarze Robe der falschen Richter zweimal bauscht, weite Blütenkronen nehmen Farben an, die mich an mein Versprechen eines neuen Regenbogens erinnern, und da ich einmal dabei bin, gehe ich noch weiter, warmer Regen setzt ein, übrigens überrascht er WAM, er schaut nach oben zum Himmel, wird in seinem Gesang langsamer, die falschen Richter warten auf ihn, und gegen Ende beschleunigt er, überschreitet das Anfangstempo, beschleunigt weiter und widersteht dabei dem Wind, der Luft, Luft und Liebe, und beendet den Satz, als wollte er uns sagen: So ist es, Punkt.

4.

Ihr extrem blasses Gesicht ist angespannt, bleibt jedoch unbeeindruckt vom Theater des Orchesters, das aufsteht und sich verbeugt, hinter dem Dirigenten, der die Musiker mit einer Geste der hohlen Hand hochgewunken hat; sie klatscht nicht.

Er betrachtet sie noch immer, dann erfasst er mit einem schnellen Blick das Auditorium, wie das Blinkfeuer eines Leuchtturms über dem dunklen Meer – die Metapher ist ziemlich unglücklich gewählt, sagen wir lieber wie eine schwarze Flut im Frühsommer –, und das berechtigt ihn zu dem Gedanken, dass sie als Einzige nicht klatscht, aber würde ein Publikum aus lauter Blinden klatschen?

Oder gerade? Ich weiß es nicht, ich muss gestehen, dass ich nie Zeuge eines Konzerts gewesen bin, das für Blinde gegeben wurde, also vor blinden Zuhörern;

nicht ein Wohltätigkeitskonzert, was mit den Einnahmen passiert, weiß man ja nie.

Er wartet, bis der Applaus verstummt, der nicht enden will, der ganz allmählich nachlässt, so dass man sich, als er endet, fragt, warum er endet, es ist wohl eine Ermüdungserscheinung, einen anderen Grund sehe ich nicht, die Ermüdung der Arme, sie tun weh, die Hände brennen; und er steht auf.

Gehen Sie?, sagt sie zu ihm, ihr Gesicht ist ihm zugewandt; sonst steht keiner auf.

Er hat sich noch nicht ganz aufgerichtet, stützt sich noch auf die Armlehnen: Ja, sagt er, warum? Würden Sie mich bis ins Vestibül begleiten?, sagt sie, sie hat eine tiefe schöne, etwas gebrochene Stimme.

Der weiße Stock, der neben ihr ruht wie ein Florett, verwirrt ihn, nicht wie ein Holzbein – das ist immerhin schon etwas –, sondern wie eine Waffe mit Zielfernrohr, durch das man besser sieht als mit einem gesunden Auge, das das Unsichtbare erkennen ließe und in der Lage wäre, sich den Weg in alle Seelen zu bahnen.

Sicher, sagt er und schaut sie lange ungeniert an.

Schauen Sie mich nicht so an, sagt sie, ich habe Sie gefragt, ob Sie mich ins Vestibül führen wollen, wissen Sie, ich kann sehr gut alleine gehen, aber ich möchte vermeiden, dass irgendjemand meint, mir helfen zu müssen.

Ich bin auch irgendjemand, sagt er.

Begleiten Sie mich nun oder nicht?, sagt sie. Ja doch, sagt er.

Da es unmöglich ist, in der Reihe nebeneinander zu gehen, wo man sich schon allein nur schwer durchzwängen kann, überlegt er, ob er sie vorgehen lassen soll oder nicht.

Sie sind genau in der Mitte, sie rechts von ihm, wenn sie vorgehen möchte, wäre es besser, sie würden auf der anderen Seite, also rechts, hinausgehen, das bedrückend lange Zögern ist ihm schon sehr unangenehm.

Was ist, sagt sie, gehen wir? Ja, sagt er. Sehr schön, sagt sie, gehen Sie vor.

Er setzt sich in Bewegung, nötigt seinen Nachbarn zur Linken zum Aufstehen, dann dessen Nachbarin und so weiter: Pardon, Pardon, entschuldigen Sie, danke, danke, Pardon, oh, Pardon, es tut mir Leid, entschuldigen Sie, danke.

Er dreht sich pausenlos um, will ihr die Hand reichen, um sich zu vergewissern, dass sie ihm nachkommt, er versteht nicht, warum sie ihm nicht ihre

Hand auf die Schulter legt, und jedes Mal sieht er in ihr trotziges Gesicht und die leeren Augen, die durch seinen Kopf hindurchgehen wie Todesstrahlen.

Endlich sind sie am Ende der Reihe angelangt, er macht einen Schritt in den Gang, dreht sich um und wartet auf die blinde Frau, er wartet nicht auf sie, sondern ist bereit, sie zu empfangen, streckt ihr die Hand hin, sie nimmt sie nicht, wie eine Dame, die aus dem Auto steigt, oder eine, der man hilft, während eines schönen sonnigen Spaziergangs in der Bretagne einen großen Schritt über einen Bach zu machen.

Er ist bereit, sie zu empfangen, in seinem cremefarbenen Leinenanzug, seinem weißen Hemd mit der grünen Fliege, das Ganze steht ihm trotz allem gut, egal, was er daran auszusetzen hat, er ist elegant, so sieht er sogar ziemlich gut aus, seine Haare sind schweißnass, er wirkt abgezehrt, und auf seiner Stirn liegt etwas Tragisches, in seinen Augen ist das eigentümliche Flackern der Angst.

Sie bewegt sich in ihrem dünnen engen Kleid, es ist fast das gleiche Grün wie bei der Fliege am weißen Kragen, eine Narbe zieht sich mitten über die Stirn wie ein Schmuckstück aus runzliger Haut, eine Art violetter Spange, in Fleisch gefasst – unnötig zu sagen, dass sie beide die Attraktion der kurzen Unterbrechung abgeben.

Mit einem schnellen, energischen Schritt ist sie bei ihm, sie stößt ihn beinahe um und fasst ihn brutal am Arm: Oder ist Ihnen die andere Seite lieber?, sagt sie. Nein, nein, sagt er, es ist schon recht.

Langsam setzt er sich in Bewegung, übervorsichtig: Schneller, machen Sie doch!, sagt sie und zieht ihn heftig mit, ich bin kein Krüppel! Sie macht noch größere Schritte, er hat Mühe mitzuhalten.

Im Grunde ist er der Krüppel, er findet sich im Dunkeln nicht zurecht, statt ihr ins Licht zu helfen, versucht er, ihr in ihre Nacht zu folgen, er passt seinen Schritt dem ihren an, sie hat sich bei ihm eingehakt, der Druck ihrer Hand auf seinem Arm verursacht ihm einen wohligen Schauer von Kühnheit und Stolz.

Sie gehen den Gang hinauf bis zum Foyer.

Sie gehen den Gang hinauf an der roten Wand entlang.

Der weiße Stock bleibt im flauschigen Teppich hängen, die Spitze hakt sich fest, das nervt sie.

Sie stößt ihn jetzt nicht mehr auf den Boden, hält ihn locker in der reglosen Hand, es sieht aus, als wäre das Handgelenk gebrochen, der Unterarm ist leicht angehoben, die abgeknickte Hand, die tot scheint, hält frei den Stock, der Stock scheint an einer leblosen Hand zu hängen, manche Offiziere halten gelegentlich ihr Stöckchen so.

Sie gehen den Gang hinauf unter den Blicken der Melomanen, die auf Mahler warten und Mozart schon vergessen haben, bis auf einige wenige vielleicht, die sich noch nicht wieder gefasst haben, die sich nie mehr fassen werden, so wie ich.

Sie gelangen ins Foyer, mit den Schwingtüren haben sie Schwierigkeiten; das ist erst der Anfang, es kommen noch andere Türen, andere Schwierigkeiten, aber im Grunde wird es nicht so schlimm, Sie werden sehen, sie gehen durch das Foyer ins Vestibül.

Die Dame an der Abendkasse, die gerade an ihren Sohn dachte, schaut zu ihnen hin: Die arme Frau, sagt sie sich, so ein anständiger Kerl, was für ein schönes Paar. Ihr Sohn mag auch klassische Musik, bei armen Leuten ist das schon was, aber sie fragt sich voller Spannung, ob sein Streben nach Höherem wohl so weit gehen würde, eine Blinde zu heiraten.

Das erinnert mich an eine Witzzeichnung zu Ehren von Ray Charles.

Ein Kind sitzt am Klavier, hat sich das Gesicht mit

Schuhwichse schwarz gemacht und eine dunkle Brille aufgesetzt, den Mund zu einer schrecklichen Grimasse verzogen. Perplex fragt die Mutter: Sag mal, was willst du später einmal werden? Schwarzer-blinder-Sänger-Pianist, antwortet der Kleine.

Schwarzer Humor spricht nur Weiße an, er trifft auch die Schwarzen, aber das merkt man nicht, schreibt er.

Der weiße Stock stößt im Takt auf den Marmorboden, der Rhythmus harmoniert gut mit den Absätzen der Frau, bei jedem Schritt stößt der Stock zweimal auf.

Während der spitze Absatz zweimal ein schwarzes oder weißes Feld des riesigen Schachbretts trifft, hört man den weißen Stock viermal, genau im Takt, mit dem zweiten Schritt stößt der Stock zum dritten Mal auf, zweimal schwarz, einmal weiß, nur dass der weiße Stock die Rolle der schwarzen übernimmt und die grünen Schuhe die der weißen.

Mitten im Vestibül bleiben sie stehen, sie ist erst langsamer gegangen und dann stehen geblieben, er hat sich ihr gehorsam angepasst, sie lässt seinen Arm los; es wäre ihm lieber gewesen, sie hätte ihn festgehalten, aber was soll's.

Jetzt, da er sich herumdrehen kann, stellt er sich vor sie hin, merkt, dass das idiotisch ist, und tritt wieder zur

Seite: Ist Ihnen mein Geruch angenehm, sagt er, ich meine, stört er Sie nicht? Warum fragen Sie mich das? sagt sie. Ich weiß nicht, sagt er, aber in Ihrem Zustand. Was heißt in meinem Zustand?, sagt sie. Nun ja, sagt er, ich nehme an, dass Sie empfindlich auf den Geruch der Leute reagieren, oder? Die Stimme genügt mir, sagt sie. Er wagt nicht mehr zu sprechen.

Da er nichts weiter wagt, betrachtet er die schwarzen Felder, die weißen Felder, denkt an seine Position auf dem Schachbrett und sagt sich, er müsste Schach spielen lernen: Immer die starken Positionen verstärken, nie die schwachen, sagt er sich, er hat das Gefühl, jemanden zu zitieren, aber wen?

Ich warte hier, sagt sie, Sie können gehen. Aber, sagt er. Kein Aber, sagt sie, ich danke Ihnen, verpassen Sie Mahler nicht. Ich bin nur wegen Mozart hier, sagt er, nur wegen des Klarinettenkonzerts. Ich auch, sagt sie. Ach ja?, sagt er, ja dann … Was dann?, sagt sie. Nichts, sagt er, Mahler wird auch ohne uns auskommen, das ist alles. Ich fürchte, sagt sie. Fürchte?, sagt er. Es reicht!, sagt sie, mein Mann kommt mich abholen, Sie können gehen.

Ich warte mit Ihnen auf Ihren Mann, sagt er, ich möchte Ihnen Gesellschaft leisten. Ich kann sehr gut allein warten, sagt sie, ich bin es gewöhnt, wissen Sie. Ich weiß, aber ich würde gern noch ein bisschen bleiben, sagt er, das heißt, wenn Sie gestatten. Ich habe Ihnen gerade gesagt, Sie sollen gehen, sagt sie, sind Sie taub? Ich bin nicht taub und ich gehe nicht, sagt er, so lange nicht, bis Ihr Mann kommt.

Sie stößt ihren Stock auf den Boden, bearbeitet ihn heftig mit dem Stock, das verunsichert ihn, er dreht sich um, die Dame schaut zu ihnen hin und denkt dabei an ihren Sohn, wieder und wieder klopft sie mit dem Stock, dann scheint sie sich zu beruhigen, aber nein, sie ist wütend:

Was soll das, brüllt sie, warum wollen Sie mir Gesellschaft leisten! Nur weil ich blind bin! Finden Sie das lustig? Interessiert Sie das? Reizt Sie das?

Nervös bewegt sie den Kopf, ihr Haarknoten geht auf, die blonden Haare fallen ihr ins Gesicht, die Stirnnarbe schwillt an wie eine Ader, die sich mit Blut füllt, ein unterirdischer Blutstrom aus Zorn und Hass.

Beruhigen Sie sich, sagt er, ich bitte Sie, wir können uns unterhalten, während wir auf Ihren Mann warten. Er wird nicht kommen, sagt sie. Aber sicher, sagt er, was soll denn das. Schweigen Sie, sagt sie, ich weiß es. Aber nein, sagt er, Sie täuschen sich. Er verlässt mich, sagt sie, jetzt hat er mich schon verlassen, er ist auf und davon, er hat die Gelegenheit genutzt, um zu verschwinden, ich weiß, was ich sage.

Angenommen, es wäre so, sagt er, dann sagen Sie mir, warum Ihr Mann Sie verlässt. Ohne Grund, sagt sie. Doch, sagen Sie es mir, sagt er. Darum, sagt sie. Wegen was?, sagt er. Weil ich so bin, wie ich bin, sagt sie, blind.

Er denkt an ihren Mann und stellt sich wieder die Frage: Wie stellt man es an, eine blinde Frau zu verlassen? Und er nutzt die Gelegenheit, um ihr diese Frage zu stellen: Wie kann jemand eine Frau wie Sie verlassen?

Sie antwortet nicht, er schaut sie an, sie taumelt, er streckt ihr die Hand hin, sie fasst sich wieder.

In großen Zügen, fahrig und nüchtern, als wollte sie es möglichst schnell hinter sich bringen, erzählt sie ihm, was ihr passiert ist, es musste passieren, das, was ihr passiert ist, und auch, dass sie es ihm erzählt, man denkt, es ließe sich vermeiden, aber nein, man erzählt es doch, früher oder später erzählt man es immer.

Er hört es sich an: Ich träume, ich träume bestimmt, sagen Sie mir, dass ich träume, sagt er sich, wo er doch ganz etwas anderes erwartet hatte als diese Allerweltsgeschichte, wie er sie tausendmal in Romanen gelesen hat, und er liest weiß Gott genug Romane, ein dickes Buch pro Woche oder zwei mittlere oder drei dünne, und er hat so etwas tausendmal in Verfilmungen der gleichen Romane gesehen, und davon sieht er weiß Gott genug, einen Film pro Tag, oder sogar zwei oder drei, eine so banale, gewöhnliche Romanze, dass ich es nicht für sinnvoll halte, sie mitzuteilen.

Beide sind mit dem Auto in der Bretagne unterwegs, die Straße führt durch einen dunklen Wald, der Abend dämmert, sie sind in Urlaub, sie kommen von einem Ausflug zurück, von einem langen Spaziergang durch Wald und Feld, sie erinnert sich an den kleinen Fluss und die Furt.

Sie sitzt neben ihm, er achtet nicht auf die Straße, er schaut auf ihre üppigen Schenkel und kann unter dem Kleid den Strumpfhalter ahnen, er hat Lust, die weiße Haut zu berühren, die sich davon umso mehr abhebt, mit der Hand schiebt er das Kleid hoch, er sieht, was er sehen wollte, und fasst hin, sie mag das nicht und zieht das Kleid herunter, aber der Unfall passiert nicht in diesem Augenblick, in dem Augenblick, als der Unfall passiert, schaut er auf die Straße, achtet auf die Straße, er passt auf, denkt an sein Verlangen und sagt sich: Wenn ich mich nochmal so blöd benehme, passiert uns noch was, plötzlich taucht ganz links vor ihm ein Lastwagen auf, riesengroß und bedrohlich, anstatt ihm nach links auszuweichen, steuert er nach rechts und fährt voll gegen einen Baum, der Wagen kommt zum Stehen wie ein Raubtier, das im Sprung vom Blitz getroffen wird, er kommt mit dem Schrecken davon, sie ist für immer blind.

Wenn ich hinzufüge, dass sie erstens zum Zeitpunkt des Unfalls nicht verheiratet waren, noch nicht, sie sollten wenig später heiraten, dass zweitens sie ihn nach dem Unfall nicht mehr heiraten wollte, dass drittens er sie immer noch heiraten wollte, mehr denn je, er bestand darauf, sie zu heiraten, weil er sie nicht verlassen wollte, der Feigling, dann ist das Melodram perfekt.

Es ist mein Fehler, sagt sie, es ist nicht seine Schuld, aber ich kann nicht anders, ich räche mich an ihm, ich behandle ihn wie einen Hund. Wie einen Blindenhund?, sagt er. Sie sind nicht komisch, sagt sie, überhaupt nicht komisch. Ich gebe mir immerhin Mühe, sagt er, man weiß ja nie.

Sie spricht über ihren Mann, über ihr gemeinsames Leben, darüber, was sie von ihm verlangt, sie wählt dieses Wort dafür, im Grunde ist es nichts Weltbewegendes.

Eine ihrer Launen (auch das ist ein ziemlich großes Wort dafür) war, dass sie oft von ihm verlangte, mit ihr ins Kino zu gehen, ja, Sie haben richtig gelesen.

Sie liebt die vertraute Atmosphäre, das Drum und Dran im Kino, mitten unter den Leuten zu sitzen, zu hören, wie sie flüstern, sich lustig machen, schmusen, lachen, mitfiebern, ihre Tränen zu ahnen, gewiss doch, wenn sie selbst nahe daran ist zu weinen.

Dabei fällt mir ein: Hat eine blinde Frau noch Tränen?

Aber vor allem hört sie gern auf den Film, auf den Ton, folgt gern den Stimmen, die sprechen, einander antworten, sich lieben, sich schlagen, sich beschimpfen, sich verfolgen, wieder zusammenkommen, und sie lässt sich gern von der Musik tragen, mitnehmen in die Abgründe der Verzweiflung oder der Leidenschaft, zu den Gipfeln der Freude oder des Schreckens, und obwohl sie die Darsteller nicht sehen kann, sieht sie sie doch, und – ohne Übertreibung – durch sie, dank ihrer Stimme, fühlt sie lebhaft, was sie ist, dass sie am Leben ist, wird sie wieder genau das, was sie war.

Nur im Kino verhalten sich die Leute ihr gegenüber normal, man könnte glauben, sie spüren, dass sie da im Kino etwas mit ihr gemeinsam haben, zunächst sind sie überrascht, sie dort zu sehen, dann verstehen sie, vergessen sie es, sie achten nicht mehr auf ihr Dunkel; wenn man träumt, sind alle gleich.

Die Dame schaut zu ihnen hin und denkt dabei noch immer an ihren Sohn, sie denkt oft an ihn, sie denkt so sehr an ihn, dass der Sohn aus der Distanz das Gewicht der mütterlichen Gedanken auf sich lasten fühlt, sie sagt: Wenn es darauf hinausläuft, dass sie sich so streiten, ist es mir noch lieber, er heiratet eine Sehende.

Im Vestibül ist es warm, nicht so warm wie im Konzertsaal, aber immerhin warm, draußen wiegen sich die Baumkronen im Wind, es ist fast dunkel.

Ich bringe Sie nach Hause, sagt er. Ja, sagt sie, sehr gern. Sie müssen Ihre Frisur in Ordnung bringen, sagt er. Meinen Sie?, sagt sie. Ach was, lassen Sie's, sagt er, kommen Sie.

Er nimmt ihren Arm und führt sie zur Tür, der weiße Stock stößt leicht und unregelmäßig auf den Marmorboden auf, wobei er einen Kreis beschreibt, so als suchte er nach einem Hindernis.

Er weiß nicht, ob er vorgehen und ihr die Tür aufhalten soll; er zögert, stößt die Tür auf und hält sie fest, macht sich dünn, so gut er kann, und er kann es, es ist nicht viel da zum Dünnmachen, dann fasst er sie mit der linken Hand am Ellbogen und dirigiert sie nach draußen: Vorsicht, Stufe, sagt er, aber der Stock hatte sie schon gewarnt; er lässt sie einen Augenblick los, geht auch hinaus und lässt die Tür zufallen.

Der Wind bringt ihnen Kühlung, die Tatsache, draußen, im Freien zu sein, die Weite, die Riesenmasse bewegter Luft, die Unendlichkeit des Himmels, die Stadt verschaffen ihnen Erleichterung, heißen sie willkommen wie freundliche Mächte.

Sobald sie seine Stimme hört, sobald er sagt: Hach, das tut gut, ist sie mit einem schnellen Schritt bei ihm, stößt ihn beinahe um und fasst ihn brutal am Arm: Oder ist Ihnen die andere Seite lieber?, sagt sie. Nein, nein, sagt er, das geht schon, es ist schon in Ordnung, in welche Richtung gehen wir? Da lang, sagt sie.

Langsam setzt er sich in Bewegung, übervorsichtig, achtet auf den Boden wie ihr Stock. Sie zieht ihn am Arm heftig mit: Machen Sie doch, sagt sie, gehen Sie schneller! Sie können ohne weiteres, ich bin kein Krüppel, wissen Sie.

Niemals werde ich die Empfindung wiederfinden, niemals werde ich in der Lage sein aufzuschreiben, was ich an diesem Abend empfunden habe, ich fürchte sogar, die Erinnerung könnte bei der Suche nach Worten ganz und gar verloren gehen, schreibt er.

Sie gehen auf dem Trottoir, nach den ersten Schritten schwindet allmählich das Unbehagen, verfliegt, vergeht, jetzt fühlt er sich gut, er fühlt sich besser, wie ein guter Kerl, ein anständiger Kerl, wie einer, der in Ordnung ist.

Ich weiß, Geschichten von Blinden gibt es massenhaft.

Jeder von uns hat mindestens einmal im Leben Gelegenheit gehabt, einem Blinden über die Straße zu helfen; manche haben sich gedrückt, andere nicht, aber nur wenige haben das unermessliche Glück kennen gelernt, eine schöne, blinde Frau nach Hause zu begleiten, die sie weit weg von zu Hause getroffen haben.

Man fühlt sich besser, habe ich gesagt, besser, als wenn man sich gut fühlt, besser, als wenn man gut ist, mehr noch, man fühlt, dass man wieder ganz man selbst ist, dass sich das Gute in einem durchsetzt, das, was unsere angeborene Güte wäre, wenn wir denn von Geburt gut wären, ich glaube es nicht, sagen wir lieber, dass sich unsere bessere Güte durchsetzt, die, die auf den ursprünglichen Hass des Neugeborenen folgt, der gerade das Licht der Welt erblickt hat; es ist das Gefühl, wiedergeboren zu werden, von vorn anzufangen, mit leerem Körper, leichtem Herzen und Lungen, die frei atmen können.

Genauso fühlt er sich und noch besser.

Während manche Blicke das Schlechteste in einem erkennen, ohne einen davon zu befreien, hat man es in Gegenwart einer Blinden, mit einer blinden Frau am Arm, nicht mehr nötig, seine Schlechtigkeit einzugestehen, man hat es nicht mehr nötig, sich vom Bösen zu befreien, man vergisst das Böse, und das Vergessen ist klar, unwiderruflich, der Teufel hat seinen Meister gefunden, man wird ganz plötzlich gut.

Wenn man bedenkt, dass ich Angst hatte, das nicht schreiben zu können, kann es sich sehen lassen, sage ich mir.

Die Trottoirs, die Rinnsteine: Vorsicht, der Rinnstein, sagt er und hält sie am Arm fest.

Sie wohnt auf der Île Saint-Louis, Sie wissen doch, diese wunderschöne Ecke von Paris, wo man am frühen Abend gern spazieren geht, wo unvermeidlich der Augenblick kommt, in dem man sich sagt: Wie viel schöner wäre dieser Spaziergang, wenn sie bei mir wäre; nun, da ist sie, Sie haben sie am Arm, sie geht neben

Ihnen, in höherem Maße präsent als eine, die Sie sehen kann.

Notre-Dame mit einer gewöhnlichen Frau anzuschauen, die mit Ihnen Notre-Dame anschaut, bedeutet einen Anfang, dessen Ende die Einsamkeit ist, während das mit meiner Blinden in der Einsamkeit beginnt, einer wunderbaren Einsamkeit, voller Leben und Hoffnung, dichter, schöner als Quecksilber, und ich möchte gar nicht wissen, wie und wo das endet, vor Notre-Dame oder anderswo.

Sie gehen durch die Stadt.

Er erkennt seine Stadt nicht.

Wie dieses wunderbare Konzert, das er pausenlos hört, das er nicht mehr wirklich wahrnimmt, so sehr ist es ein Teil von ihm selbst geworden, das er nur noch in seinem Inneren hört, als ob er es selbst spielte, als ob er es selbst komponiert hätte, als ob er die Soloklarinette spielte und dabei dirigierte, erkennt er seine Geburtsstadt nicht wieder, oder vielmehr, er erkennt sie, in Form absoluter Erkenntnis.

Sie ist in ihm, er ist in ihr, er braucht sie nicht mehr beim Namen zu nennen, sie wird wirklich, sie ist wirklich, wie ein Gemälde, ein riesiges Fresko der Stadt, ein ausgedehntes System von Straßen, Gebäuden, dem

Fluss, wie eine Landschaft, die sonst keinen Sinn hätte, die nur unbestimmt an einem vorbeizöge.

Vielleicht ist das unklar; ich sage es deutlicher.

Neulich ging ich in einem Schlosspark spazieren. Als ich vor dem Schloss stehe, hinter dem ein dunkler Wald liegt, drehe ich mich um, um die Landschaft zu betrachten; plötzlich habe ich das Gefühl, dass die Landschaft wirklich ist, ich schaue genauer hin, und langsam wächst in mir die Überzeugung, dass sie wirklich ist, und ich habe diese Überzeugung, weil die Landschaft genau mit einem Gemälde aus dem achtzehnten Jahrhundert übereinstimmt, unglücklicherweise habe ich den Maler und den Titel vergessen.

Ist das klarer? Ich habe meine Zweifel.

So wie das Schreiben dem Gedanken einen Sinn gibt, so wie die Musik der Stimme einen Sinn gibt, gibt die Malerei dem Sehen einen Sinn, schreibt er.

Sie gehen über Brücken, die Quais entlang, schreiten über die Seine: Riechen Sie das Wasser?, sagt sie; sie ist es, die im Vorbeigehen auf die Dinge hinweist, sie erkennt sie wieder, nennt sie beim Namen, sie weiß genau, wo sie ist.

Passen Sie auf den Rinnstein auf, auf das Trottoir,

sagt er und hält sie am Arm fest, der Kontakt bereitet ihm eine Freude, die in seinen ganzen Körper ausstrahlt, kurze Zeit dauert und schließlich vergeht, dann wartet er auf die nächste Gefahr.

Auf der Insel gehen sie eine kleine Straße am Seine-Ufer entlang, es ist dunkel, die Laternen verbreiten Licht wie auf der Bühne, die erleuchteten Fenster sind die Kulisse.

Der blauschwarze Junihimmel ist einfach herrlich, die Luft ist mild, der Wind ist lau und voll vom Duft der Bäume, durch eine Art Wunder verbreiten die Blätter wohlriechende Substanzen, anscheinend ohne sich dabei zu verändern.

Sie kommen zu ihrem Haus; sie bleibt genau davor stehen, auch das ist ein Wunder, eines aus dem Tierreich, das andere gehört ins Pflanzenreich.

Wir sind da, sagt sie. Gut, sagt er, dann gehe ich jetzt. Ja, gehen Sie, denkt sie: Das kommt nicht in Frage!, sagt sie, Sie kommen noch mit rauf!

Er fragt sich, warum sie schreit, warum sie sich so aufregt, jetzt schon und zum ersten Mal denkt er, dass ihre Behinderung nicht alles entschuldigt, das stimmt doch, oder, sagt er sich, sie könnte es auch höflicher sagen: Würden Sie bitte mit hinaufkommen, oder mich nach oben begleiten. Gehen Sie noch nicht, sagt sie, seien Sie so nett.

Mit der Stockspitze tastet sie nach dem Türrahmen, macht einen Schritt nach vorne, findet nach kurzer Suche den Knopf und drückt darauf, langsam öffnet sich die schwere Tür, sie gehen hinein.

Der Torweg ist schon ein Kunstwerk für sich, der Innenhof ist ein kleines Museum, die Treppe ist eine Sehenswürdigkeit, das Treppenhaus ist düster und schön, sehr hoch und großzügig, die Stufen sind abgenutzt wie alte Sensen, und es geht hoch hinauf, vier Stockwerke hoch.

Sie gehen hinauf, steigen in dem großzügigen Treppenhaus die Stufen hoch, er geht neben ihr, innen, auf der Seite der Spindel, wo sich der Handlauf nach oben schwingt wie eine Achterbahn; in der Regel stößt man oben gegen das Hindernis.

Er kann neben ihr gehen, und das ist ihm recht, sonst würde er sich fragen, ob er vor oder hinter ihr gehen soll, und wenn er hinter ihr ginge, dann, in welchem Abstand? Eine pikante Frage.

Im vierten Stock geht sie auf die Tür zu, und mit der Stockspitze tastet sie nach dem Türrahmen.

Sie hängt den Stock am Griff über den Arm und

sucht in ihrer Tasche nach dem Schlüssel, findet ihn, dann tastet sie mit zwei Fingern der linken Hand nach dem kleinen runden Schlüsselloch, findet es, spreizt die Finger, als ob sie die Lippen öffnen würde, ehe sie den Schlüssel einführt, dann schließt sie auf.

Die große Wohnung liegt in einem grauweißen Halbdunkel, zwei sehr große hohe Fenster ohne Vorhänge überfluten das Zimmer mit nächtlicher Helligkeit, voller Lichtreflexe von der träge unter den Bäumen dahinfließenden Seine, die vielleicht schläft in ihrem schwarzen Bett.

Sie hängt ihren Stock auf und macht das Licht an, nicht nur für ihn, auch für sich, für ihn auch, aber vor allem für sich, wenn sie allein gewesen wäre, hätte sie alle Lampen angemacht.

Sagen Sie etwas, damit ich weiß, wo Sie sind, sagt sie. Er ist lautlos ins Zimmer getreten: Ich bin hier, sagt er.

Sie sagt, ihr Mann hätte ihr sicher eine Nachricht hinterlassen, sozusagen einen Abschiedsgruß, das macht er immer, wenn er weggeht, wenn er überraschend weggehen oder verreisen muss. Er hört es und sagt sich, dass er sich nicht vorstellen kann, was für eine Nachricht ihr Mann ihr hätte hinterlassen können, wo sie doch nicht lesen kann, eine Nachricht in Blindenschrift?

Sie geht geradewegs auf ein Möbelstück zu, auf dem verschiedene Geräte stehen.

Zwischen ihr und dem Möbel, etwa auf halbem Weg zwischen dem Möbel und ihr, steht einsam und nutzlos ein Stuhl, er ist schon von Nutzen, aber nicht da, wo er steht, da hat er nichts zu suchen.

Er sagt zwar: Achtung, da steht ein Stuhl, aber zu spät, sie läuft heftig dagegen, voll hinein, wie gegen eine Glastür oder einen Einwegspiegel.

So ein gemeines Schwein!, sagt sie, das hat er mit Absicht gemacht.

So macht er es immer, wenn er sie auf eine schlechte Nachricht vorbereiten oder bestrafen will, was auf dasselbe hinausläuft, die Aussicht auf eine Strafe erscheint immer als schlechte Nachricht, außer, man genießt es.

Sie schiebt den Stuhl beiseite, reibt sich das Knie, es hat sie an der Kniescheibe erwischt, das tut sehr weh, dann geht sie die letzten Schritte bis zum Tonbandgerät.

Sie steht davor, beugt sich darüber, tastet nach dem Startknopf, schaltet ein.

Einen Moment bleibt es still, was sehr beunruhigend ist, obwohl man diese Stille erwartet, dann hört man klar und deutlich die Stimme ihres Mannes: Ich verlasse dich, Jeanne, ich gehe, ich gehe fort, für immer, aber ich habe deiner Schwester Bescheid gegeben, sie kommt morgen Früh, sie zieht zu dir, das wär's, adieu, Jeanne.

Dann ist es wieder still, sie drückt auf den anderen Knopf, schaltet aus.

Geradewegs geht sie zum Telefon, nimmt den Hörer ab und wählt mit erstaunlicher Sicherheit eine Nummer, dann wartet sie: Hallo, Anne?, sagt sie, ich bin's, Jeanne.

Ja, gut, sehr gut, pass auf, sagt sie, ich möchte nicht, dass du herkommst, hörst du? Aber, sagt Schwester Anne, die sich das so schön vorgestellt hatte. Kein Aber, sagt Jeanne, ich möchte allein bleiben, ich brauche niemanden.

Er beobachtet sie schon eine Weile, hört es und schüttelt den Kopf.

Sie legt auf, stellt sich in Positur, atmet tief durch und schaut zur Decke, die mehr als vier Meter hoch ist: Man atmet leichter, sagt er sich und sieht auch hoch zur Decke.

Sagen Sie etwas, damit ich weiß, wo Sie sind, sagt sie. Ich bin hier, sagt er. Also?, sagt sie, geht zu einem Sessel und macht es sich bequem: Setzen Sie sich. Er setzt sich neben sie.

Also?, wiederholt sie, wie fanden Sie das Konzert heute Abend?

Das ist eine Frage, auf die er gern verzichtet hätte, umso mehr, als er eher damit rechnete, über die Situation befragt zu werden, über den Ehemann, über die Antwort, die sie Schwester Anne gegeben hat, aber gut, es ist wie bei einer Prüfung, man weiß nicht, was drankommt: Nun ja, sagt er, ich war enttäuscht von dem Klarinettisten, ich fand, seinem Spiel fehlte es doch an Esprit und Brillanz. Im Gegensatz dazu, fügt er hinzu, ohne fortzufahren, er fährt nicht fort, er hält genau vor dem Gegensatz inne, hütet sich vor Gemeinplätzen.

Im Gegensatz dazu?, sagt sie.

Er spricht weiter: Im Gegensatz dazu, sagt er, unabhängig davon – es fängt gut an, warten wir ab, wie es weitergeht, urteilen wir nicht voreilig. Er setzt neu an: Unabhängig vom viel zu langsamen Tempo, oder vielleicht dank dieser Tempos, -pi, was soll's, die zu langsam waren, hat mich das Orchester entdecken lassen, und vielleicht macht gerade das dieses Konzert so interessant – so wird das nichts, er wiederholt die Gemeinplätze, die er im Radio hört, die Bedeutung der lebendigen, lebenden, gelebten Musik, wie die gleichnamige Erfahrung –, Details der Partitur entdecken lassen, die ich auf meinen Platten nie gehört habe.

Wirklich?, sagt sie, das Luder, während sie denkt: Du ahnst es nicht!

Ja, ja, sagt er, aber ich habe die Empfindung nicht wiedergefunden, nach der ich gesucht habe, die Empfindung des ersten Abends, und deswegen war ich hingegangen, nicht nur, aber immerhin, ich hatte die leise Hoffnung, kurz und gut, es hat nicht geklappt, also, so ist es eben.

Er presst einen Gedankenrest aus, der noch auf den letzten Worten liegt, und fügt hinzu, dass er sich in Zukunft mit seinen Platten begnügen wird.

Sie fragt ihn, welche Aufnahme er zu Hause normalerweise hört. Am liebsten?, sagt sie. Immer dieselbe, sagt er, Robert Marcellus mit George Szell und dem Cleveland Orchestra. Schau an, sagt sie, es stimmt, das ist eine der besten. Jedenfalls ist es die beste von den dreien, sagt er, ich habe drei, ich meine, ich besitze drei Aufnahmen davon. Wollen wir sie hören?, sagt sie.

Jetzt hält's ihn nicht mehr: Sie haben sie?, sagt er. Aber natürlich, sagt sie. Ja dann, sagt er, nichts könnte, aber er verheddert sich und sagt es einfacher: Mit Vergnügen!

Sie steht auf und geht geradewegs auf das Möbelstück zu, auf dem verschiedene Geräte stehen, er beobachtet sie, hält den Blick auf sie gerichtet, das bringt ein bisschen Abwechslung hinein, er sieht, wie ihr Körper sich in dem dünnen engen grünen Kleid bewegt, er schämt sich seines Blickes und der Worte, die er denkt: Immerhin bin ich ein Mann, sagt er sich.

Er sagt zwar: Vorsicht, der Stuhl, aber zu spät, sie läuft wieder voll dagegen.

So ein Mist!, sagt sie, stellen Sie doch den Stuhl da weg!

Glücklicherweise hat es sie am anderen Knie erwischt, an der Kniescheibe, das tut sehr weh und ist auch gefährlich, hoffentlich kriegt sie keine Schleimbeutelentzündung, sagt er sich.

Er steht auch auf und stellt den Stuhl in eine Ecke, wo er nicht im Weg ist, keiner wird sich mehr daran stoßen, er wird niemandem mehr etwas tun, sagt er sich.

Sie geht die letzten Schritte bis zum Gerät, reibt sich das rechte Knie; hoffentlich ist nichts passiert, sagt er sich: Tut es sehr weh?, sagt er, und sie antwortet: Nein, nein, es geht, es geht schon. Sind Sie sicher?, sagt er, bei solchen Dingen weiß man nie, man muss aufpassen. Ich sage Ihnen doch, es ist nichts passiert, sagt sie.

Sie macht den Deckel auf, dann tritt sie einen Schritt zurück, nur ganz wenig, beugt sich zur Seite hinunter und streckt die Hand nach den Schallplatten aus.

Sie sind in einer langen Reihe aufgestellt, mindestens vier Meter, mit zwei Fingern fährt sie an den Plattenhüllen entlang, plötzlich hält sie inne und zieht die richtige heraus, es ist unglaublich.

Er fragt sich: Wenn jemand die Reihenfolge durcheinander brächte, fände sie sich dann immer noch zurecht?

Sie dreht sich um und sagt: Sie war nicht am üblichen Platz, jemand hat sie verstellt, und das sagt sie wie Papa Bär in der Geschichte von Goldlöckchen, wenn Ihnen das was sagt.

Sagen Sie etwas!, sagt sie, damit ich weiß, wo Sie sind. Antworten Sie, wenn ich mit Ihnen spreche! Ich bin hier, sagt er, kann ich die Plattenhülle sehen?

Sie nimmt die Platte aus der Hülle, legt sie auf, es klappt nicht gleich beim ersten Mal, sie sucht die Achse in der Mitte, versucht, mit dem Loch die Achse in der Mitte zu finden, danach legt sie die Plattenhülle beiseite und nimmt die Finger der linken Hand zu Hilfe, so geht es mühelos.

Sie greift wieder nach der Hülle und hält sie ihm hin,

niemand nimmt sie ihr ab, wo ist er?, fragt sie sich: Wo sind Sie?, sagt sie.

Er hat sich lautlos von ihr wegbewegt: Ich bin hier, sagt er, ich bin hier.

Sie hält die Plattenhülle zur anderen Seite hin, er nimmt sie, betrachtet sie, es ist die gleiche: Ganz genau, sagt er. Genau was?, sagt sie. Genau die gleiche, sagt er, ich mag dieses Cover sehr, ich schaue es mir oft an, wenn ich das Konzert höre.

Sie fragt ihn, was auf dem Cover abgebildet ist, sie will wissen, was es darstellt. Ich weiß es nicht, sagt er, ich habe mich nie dafür interessiert, aber es ist sehr schön.

Sie fragt ihn, was es ist. Die Reproduktion eines Bildes, sagt er, es ist sehr schön. Das habe ich verstanden, sagt sie, aber was für eine Reproduktion? Ich weiß es nicht, sagt er. Eine Landschaft? ein Stillleben? ein Porträt?, sagt sie. Ein Porträt, sagt er, es ist sehr schön.

Sie seufzt: Was für ein Porträt?, sagt sie. Ich weiß nicht, sagt er. Mann oder Frau?, sagt sie. Eine Frau, sagt er, sie ist sehr schön. Foto oder Gemälde?, sagt sie. Ein Gemälde, sagt er, es ist sehr schön.

Sie wird ungeduldig, es macht sie nervös, mit Recht, das Hin und Her geht ihr auf die Nerven, regt sie auf, macht sie verrückt: Herrgott noch mal, was für ein Gemälde? Ich weiß es nicht, sagt er, ich habe mich nie dafür interessiert. Schauen Sie auf die Plattenhülle, sagt sie, es muss irgendwo stehen. Eben nicht, sagt er, ich habe x-mal versucht, den Titel des Bildes und den Namen des Malers zu finden, ich habe nichts entdecken können, ich bin damit zufrieden, die Frau anzuschauen, ohne zu wissen, wer sie ist.

Ich nicht, sagt sie, ich will es wissen, kapiert? Schauen Sie die Hülle noch einmal an, die Rückseite, haben Sie auf der Rückseite nachgeschaut? Sicher, sagt er, was denken Sie denn? Ich denke gar nichts, sagt sie, Sie haben nicht richtig geschaut, es ist bestimmt angegeben, schauen Sie noch mal, schauen Sie überall nach.

Er schaut überall nach, schaut wieder und wieder, findet aber nichts, überhaupt nichts: Nein, sagt er.

Suchen Sie weiter!, sagt sie, es steht irgendwo! Es muss so sein! Das ist Vorschrift!

Er sucht noch einmal: Nichts, sagt er, so Leid es mir tut. Schauen Sie noch einmal!, schreit sie, das ist ja nicht zum Aushalten! Los! Oder ich werfe Sie hinaus!

Er legt die Plattenhülle hin und geht geradewegs zur Tür.

Sagen Sie etwas, sagt sie, damit ich weiß, wo Sie sind.

Ich bin hier, sagt er, hier. Kommen Sie, sagt sie, da ist die Hülle, ich bitte Sie, schauen Sie noch mal, Sie finden es bestimmt.

Sie hat den Plattenspieler gerade angestellt, man hört die ersten Takte des ersten Satzes: Di da, dadidi-dadada.

Er setzt sich mit der Plattenhülle unter die Lampe und sucht sie millimeterweise ab.

Die Musik macht ihm Mut und stört ihn zugleich, verurteilt ihn zum Erfolg, aber sie ist so schön, dass er sein Schicksal akzeptiert und sich einredet, dass die Antwort da sein muss, wie der Strohhut im dichten Laub einer dunklen Eiche.

Er wendet sie hin und her und entdeckt die Angabe schließlich auf der Rückseite der Hülle, vertikal ganz am Rand gedruckt in winzigen Buchstaben, die durch die Falzung halb abgeschnitten, amputiert sind: Ich hab's!, sagt er, hier steht es!

Sie setzt sich neben ihn. Also?, sagt sie, was ist es? Er entziffert mühsam: Illustration: Tischbein, Terpsichore (Foto: Archiv für Kunst und Geschichte, Berlin).

Sie fragt ihn, ob er damit etwas anfangen kann, er antwortet: Nein, aber das ist egal.

Sie sagt ihm, Tischbein sei ein deutscher Maler des

achtzehnten Jahrhunderts. Er sagt: Ach ja? Sie dagegen, sagt sie, ist eine Muse. Die Muse der Musik, denkt er. Nein, sagt sie, des Tanzes.

Er muss wohl laut gedacht haben, oder sie hört seine Gedanken, das ist möglich, anscheinend schärfen sich bei den Blinden die anderen Sinne zum Ausgleich für die verlorene Sehkraft, sagt er sich, hört die Musik und betrachtet die Muse, die des Tanzes.

Er fragt sie, ob sie das Bild von Tischbein kennt. Sie antwortet: Nein, und bittet ihn, ihr zu sagen, wie es aussieht: Sie sagen, sie ist sehr schön, Sie haben es oft genug wiederholt, lassen Sie mich Anteil haben an ihrer Schönheit, sagt sie, sagen Sie mir bitte, was Sie sehen.

Er reibt sich das Kinn, fährt geräuschvoll über die Bartstoppeln. Sie sind schlecht rasiert, sagt sie, haben Sie sich nicht rasiert vor dem Konzert? Nein, sagt er, seit heute Morgen nicht mehr; er hofft, sie hat die Sache vergessen, aber nein: Also, sagt sie, seien Sie so nett und sagen Sie mir, was Sie sehen.

Das ist eine undankbare Aufgabe, auf die er gern verzichtet hätte, umso mehr, als er noch unter dem Eindruck der Szene steht, die sie ihm gemacht hat, vorhin, erinnern Sie sich? Er ist nachtragend, zumindest ein bisschen nachtragend.

Ihre Augen hindern mich daran, sie in Ruhe anzuschauen, in jedem Auge ist ein weißer Punkt, der in jedem Auge glänzt, ein Reflex, der mir zeigt, dass zwischen uns eine Lichtquelle ist. Sie schaut mich an, oder eigentlich kann ich nicht sagen, dass sie mich anschaut, sie schaut den Maler an, aber ich will nicht behaupten, dass sie den Maler anschaut, ich weiß nicht, ob eine Frau dem Maler Modell gestanden hat, vielleicht hat sie sich der Maler nur vorgestellt, vielleicht hat es ihm genügt, sie langsam erscheinen zu sehen, zu sehen, wie sie unter seinen Augen entsteht, durch seine eigenen Augen entsteht, langsam hat der Maler Augen gemalt, die ihn betrachten. Obwohl der Maler selbst die Augen gemalt hat, kann er doch nicht behaupten, dass diese Augen ihn anschauen, er gefällt sich darin, den Mann vom Maler zu trennen. Dann fragt er sich, ob er sich als Mann von den Augen des Malers betrachtet fühlt, ob er sich als Maler nicht intimer betrachtet, ob er als Maler den Mann nicht schicksalhafter, unausweichlicher betrachtet als über den Abgrund des Selbstporträts hinweg. Dann schickt er die Quellen seiner Verwirrung weg zu den Lichtquellen, er komponiert sein Werk, als ob ihn nichts mehr anschaute. Dabei weiß er, dass ihn alles anschaut, er weiß, dass er sich da im Hintergrund befindet, im schwarzen, dunkelvioletten Hintergrund, es ändert sich nichts, wenn er einen dunklen Wald dazutut, dort ist er, unsichtbar. Jetzt suche ich ihn, und wenn ich ihn suche, heißt das, dass er dort ist, ich käme nicht auf die Idee, ihn da zu suchen, wenn er da nicht wäre, und es ist falsch von der Muse, dass sie mich daran hindern will, ihn verstecken will, ich kann mir nicht vorstellen, dass er sich hinter ihr verstecken könnte, aber wenn er nicht hinter ihr ist, was dann? Da ist nichts, nichts als eine umrissene Leere, die sich allem Anschein nach gerade dem Vergnügen des Tanzes hingibt, ohne Licht und blicklos, aber diese Leere ergibt ein einmaliges Paar mit meinem dunklen Flecken, da sind wir, mit meiner Augenhöhle, meinem Höhlenloch, durch das ich schaue, das seine diametrale Rivalin ist. Sie schmückt sich umsonst mit der Schönheit der Leere, versucht, mich mit einer Art Gleichgewicht zu ködern, das in der Diagonalen levitiert und wie durch Zufall über die Stufe entweicht, die auf der Zeitskala fehlt, ich falle nicht darauf herein, auch nicht auf das Diadem im schwarzen Haar, in dem zwei Federn stecken. Eine ist grau, vom gleichen Grau wie der Faltenwurf, der den Rücken entlangläuft, über die Schulter, und zuletzt Bauch und Beine verhüllt, im Ungewissen endet, aber durch den Rahmen abgeschnitten wird. Eine rote Feder, vom gleichen Rot wie die Blumen der Girlande, aber diese Girlande, die sie mit beiden Händen hält, zeichnet umsonst einen Kreisbogen, der genau parallel ist zur fleischfarbenen Tunika, zum Halsausschnitt der Tunika, die unter der nackten Brust gerafft ist und der eine rote Spange, roter als eine eingemachte Frucht, davon abrät, noch tiefer zu fallen, ich falle nicht auf dieses schöne Gleichgewicht herein, mir wird übel davon, und das vollkommene Oval des Gesichts verbirgt mir nicht, dass das falsche Lächeln, das auf ihren Lippen liegt, die echte Grimasse der Tragödie ist, der Tragödie einer gefährdeten Ewigkeit, krank an mir selbst.

Das sollten Sie in einem Buch schreiben, sagt sie, und sie sagt es so, als ob sie sagen wollte: Das macht sich nur gut in einem Buch, als wäre die Literatur das Schlachthaus der Ideen, die Abdeckerei der Gedanken, die Metzgerei der Worte, ein Fleischwolf für Sätze.

Die Platte ist zu Ende, sie steht auf und geht geradewegs auf das Möbelstück zu, wo der Plattenspieler steht, und schaltet ihn aus.

Er steht auf und bewegt sich von seinem Platz weg.

Sagen Sie etwas, sagt sie, damit ich weiß, wo Sie sind.

Ich bin hier, sagt er, aber wenn er sich die ganze Zeit lautlos bewegt, wird sie immer noch nicht wissen, wo er ist, er wird noch etwas sagen müssen: Ich gehe, sagt er, ich möchte die letzte Metro nicht verpassen.

Es ist erst Mitternacht, sagt sie.

Er schaut auf seine Uhr, es ist nicht genau Mitternacht, aber es fehlen nur noch fünf Minuten bis dahin.

Sie haben Zeit genug, sagt sie, bleiben Sie noch ein bisschen. Nur habe ich es ziemlich weit bis zur Metrostation, sagt er, bis ich sie gefunden habe, wenn ich sie überhaupt finde, ich verlaufe mich bestimmt.

Dann bleiben Sie hier, sagt sie.

Sie fordert ihn auf, sich zu ihr zu setzen, er mag nicht gehen, sagt sich aber, dass er muss, der Trottel, er denkt, dass er umso weniger in der Lage sein wird zu gehen, je länger er bleibt, wie alle schwachen Menschen, und wenn ich schwach sage, meine ich feige.

Er kommt näher und bleibt vor ihr stehen: Ich bin hier, sagt er.

Sie berührt sein Gesicht, legt beide Hände darauf, es geht ihm durch und durch: Was sehen Sie, sagt er, wen? Seien Sie still, sagt sie. Was sehen Sie?, sagt er, sagen Sie es mir.

Er berührt ihr Gesicht, lässt seinen Blick darauf ruhen, den Blick eines Mannes, der weiß, dass er unsichtbar ist, er weiß, dass diese Frau ohne Blick, deren Blick für immer verborgen ist, ihn niemals lieben wird.

Sie lässt sein Gesicht los, behält den Abdruck wie eine Maske, die sie ihm abnimmt, kommt zu den Schultern, lässt die Hände einen Augenblick darauf liegen, fährt ihm dann über die Brust, den Bauch, der aus Angst hart geworden ist wie der Stein eines Halbgotts, macht die neue Hose auf, zieht das Zeugungsorgan heraus und hält es in der Hand.

Ein schmerzhafter Schauer überläuft ihn: Was sehen Sie?, sagt er, sagen Sie es mir doch endlich! Sagen Sie mir, was Sie sehen! Seien Sie still, sagt sie.

Er lässt ihr Gesicht los, fährt ihr über den Nacken, die Schultern, die Brust, macht das enge grüne Kleid auf, holt die runden Brüste heraus und hält sie mit seinen beiden Händen.

Er sieht, dass die Blinde spricht, die Lippen bewegt, wie eine Stumme artikuliert, dann hört er sie endlich murmeln: Lassen Sie Ihren Speichel auf meine Brüste laufen, machen Sie sie ganz nass und liebkosen Sie mich, atmen Sie mich ein, nehmen Sie mich aus mir heraus, sagt sie, bis ich mich in Ihnen wiederfinde.

Sie lässt die weiße Flüssigkeit über ihre Hände fließen, während er genau ihre Worte wiederholt: Bis ich mich in Ihnen wiederfinde, sagt er, nehmen Sie mich aus mir heraus…

So, das ist alles. Es ist nicht viel, das weiß ich, aber es nützt nichts, wenn ich die Augen schließe, ich sehe nichts mehr, es ist alles weiß, sicher das Titelblatt, und die Ziffer darauf ist schwarz: KV 622.

Jean Echenoz

»Seine Verführungskunst ist Echenoz' gefährlichste Waffe.« Le Monde

Jean Echenoz
Ich gehe jetzt

Der preisgekrönte Roman über einen Mann, der aus Langeweile und Lebensüberdruss seine Frau verlässt und das Abenteuer sucht.

Jean Echenoz
Cherokee

»Der Roman ist ein wundervolles, lustiges Stück kontrollierten und chaotischen Wahnsinns.« *Chicago Tribune*

Ausgezeichnet mit dem Prix Médicis.

Berliner Taschenbuch Verlag
Weitere Informationen: www.berlinverlag.de